La memoria

460

Giuliana Saladino

Romanzo civile

Con una nota di
Marcello Sorgi

Sellerio editore
Palermo

e-mail: sellerioeditore@iol.it
2001 quarta edizione

Saladino, Giuliana <1925 - 1999>

Romanzo civile / Giuliana Saladino ; con una nota di Marcello Sorgi. - 4.ed. - Palermo : Sellerio, 2001.
(La memoria ; 460)
ISBN 88-389-1558-X
I. Sorgi, Marcello.
853.914 CDD-20

CIP - *Biblioteca centrale della Regione siciliana*

Nota
di
Marcello Sorgi

Ho conosciuto tutti i personaggi di questo libro, a cominciare dall'autrice. Erano amici di mio padre, che compare anche lui, verso la fine del racconto, nel momento più triste della storia. Erano anche, un po', vice-padri e vice-madri, compagni di un'adolescenza e di una gioventù particolari, come fu quella di noi figli di famiglie di sinistra palermitane, alle prese con il '68. Un '68 vissuto con, e poi contro, i genitori, che a loro volta si eran rotti la testa, venti anni prima, con l'occupazione delle terre e il mito di una rivoluzione contadina sognata e perduta.

C'è una frase bellissima del libro di Giuliana Saladino Terra di rapina *che dà un'idea fulminante di quella stagione, «una guerra che sembrava festa, una festa che sembrava guerra». Loro, reduci a poco più di vent'anni dalla guerra e dalla festa, si portavano dietro un'inquietudine animata da grande intelligenza, che tendevano a riversare sul lavoro, ma che il lavoro non poteva acquietare. E noi figli, soldati non proprio convinti di un'altra guerra che doveva ancora cominciare, ce li trovavamo di fronte con tutto il carico di inconfessabili delusioni.*

Rocchi era indubbiamente il più ironico, divertente e disilluso di quella generazione. La sua stagione politica l'a-

veva consumata con incredibile velocità: era stato in carcere per aver guidato la rivolta dei contadini, era diventato per qualche tempo il segretario cittadino del PCI *e il punto di riferimento di Togliatti in Sicilia, non sopportava le chiusure e i rituali del partito. In breve, ruppe. Mise su una piccola casa editrice che gli dava da vivere dignitosamente, e scoprì il mare e la vela. Per qualche tempo, nelle regate invernali, entrai nel suo equipaggio. Dovevo essere in crociera con lui anche l'estate che scoprì di star male, e purtroppo se ne fece niente.*

*Giuliana e «Mars», Marcello Cimino, erano la coppia di giornalisti più famosi e diversi degli anni ruggenti del-l'*Ora, *il battagliero quotidiano antimafia, diretto da Vittorio Nisticò, in cui ho imparato il mestiere. Scrittori innati, entrambi. Lei, supercronista attenta e curiosa, aveva il dono di un particolare mestiere che le faceva subito individuare protagonisti, dettagli e retroscena del fatto che poi avrebbe raccontato, con la scrittura nervosa e stupita che fa del giornalismo femminile un linguaggio a parte. E lui grande inchiestista, cercatore meticoloso di documenti, dati, analisi: da leggere, da filtrare, da contraddire. Per noi «biondini» (così si chiamavano, allora, i ragazzi di bottega nelle redazioni), un maestro severo: ricordo ancora un richiamo molto duro per aver dato il via a un supplemento, pieno di errori, senza farlo passare dai correttori. Per tutti gli altri, un signore gentile, colto, elegante: un siciliano inglese che a primavera amava portare all'occhiello un gelsomino intrecciato a una foglia di citronella.*

Nel libro, gli ultimi terribili mesi di malattia di Rocchi, prima della fine, diventano lo spunto per riflettere su una vita, una sorta di vita collettiva in cui il carattere e i contorni di ciascuno sfumano nei confini dell'altro. Ma sbaglierebbe il lettore – specie il lettore della mia generazione – a cercare o a trovare in questo libro la confessione, l'autocritica o il bilancio di un'altra generazione. Un «grande freddo» d'altri tempi, sul filo dello spietato film di Kasdan.

No, questo è un libro sull'amicizia: o almeno su quel particolare tipo di sentimento che è l'amicizia tra siciliani. Un'amicizia forte, isolata e isolana; un senso di esclusività che sconfina nella gelosia; una sorta di amore. È una ragione di vita, per Rocchi, che non a caso rischia già di morire una prima volta, quando si allontana dagli amici. La morte è l'altra protagonista forte del racconto. Ma per i siciliani, si sa, la morte è «amica»: la tradizione, l'educazione religiosa ne diffondono la presenza fin dall'infanzia. Al punto che, anche una morte voluta, come quella del protagonista, non è tragica: è figlia del destino.

MARCELLO SORGI

Romanzo civile

Introduzione

«È una cosa da dividere con gli altri, non hai diritto a tenerla per te». Messa in questi termini sapevo come difendermi, respingendo la presunzione d'avere messaggi da lanciare al mondo, in definitiva al microcosmo di amici e parenti, respingendo il ridicolo di sentirsi investiti di missione e chiamati ad alcunché. Ma lui incalzava: «È arroganza, solo arroganza. Se ci pensi bene, la stessa di chi, richiesto d'accertare se Toulouse Lautrec fosse un personaggio vero o solo un film, rispondeva che sì, era solo un film, mai esistito un personaggio con questo nome. E che vuol dire? Vuol dire: se non lo sai non meriti di saperlo». Toccata. Non ribattevo. E ancora: «Noi due abbiamo vissuto una morte non comune. La gente vuole sapere di queste cose, non se ne parla ma ci si pensa. Dalla Svezia alla Francia c'è un tentativo di dibattito». «Mah, poi vediamo...» dicevo.

Il fatto è che da oltre tre anni cincischiavo con questa storia, scrivendo, riscrivendo, abbandonando, riprendendo, rileggendo e rimanendo sopraffatta dalla banalità che avevo saputo imprimere a un avvenimento sconvolgente e privato che per noi, allevati e pasciuti nel pubblico, si collocava come pietra miliare delle nostre esistenze, punto di arrivo e punto di partenza per la rincorsa finale, e così duro, ma così duro da raccontare, anche se si tratta soltanto (soltanto?! e che si vuole di più) della morte di un amico.

La durezza del compito mi si stemperava in impegni improvvisi, un viaggio, una lettura che non si può proprio lasciare, un sussulto di socialità e di inviti a cena consecutivi, o si disperdeva nei mille rivoli quotidiani, la bolletta, le piante, una marmellata, giornate intere di cose inutili, o si accantonava deliberatamente scegliendo le dolcezze della nonna, alta gratificazione del trasmettere a chi assorbe come spugne, insidiosa e seducente manifestazione del potere; fino a scivolare al pernicioso perché, perché devo, ma chi me lo fa fare, ma a che serve, che è alla radice di tutti i nostri mali presenti passati e futuri, il tarlo che ci rode e ci smidolla, quel vuoto di rapporto col mondo, sia esso lo Stato in ogni sua emanazione, dal consiglio superiore della magistratura fino al vigile urbano dell'angolo, giù giù fino al cliente che entra e chiede due lacci da scarpe, quel solido impasto di ignavia e arroganza, sfiducia e sospetto, narcisistica autosufficienza e vittimismo, che ci faceva avventurieri, tragediatori, piagnoni e pigri, pronti sempre a invocare le troppe dominazioni e/o inadempienze dall'unità in poi, furbi stanchi e ribaldi, in una parola: siciliani.

Giunta al «perché devo», ricominciavo la risalita, chiamando a raccolta tutte le forze, spesso ributtata giù da tutto quello che accadeva intorno, tremendo, invidiando chi era andato a vivere e rinascere in un contesto diverso, dandomi come traguardo quello di meritare almeno un poco il più penoso complimento ricevuto da un'amica, che mi aveva presentato come una donna «peculiarly un-sicilian» (marcatamente non siciliana), infine facendo lo slalom tra le mille rogne che si abbattono su una che non solo è donna, ma anche pensionata, anche meridionale, e cercando di scrivere, a poco a poco, di cose che dolgono.

Ma come scrive una donna? A *lassa e pigghia*, lascia e piglia, lascia e piglia, interrotta venti volte, suona il telefono, si perde il filo, si ricomincia, suona il citofono, tutto daccapo, ora suonano alla porta, ma figurati, vieni, non facevo proprio nulla, riprendo, aspetta, la pentola a pressione fischia, ora scrivo questo, un momento, suona di nuovo il telefono, accidenti, lo metto di là, ma intanto arrivano i giornali, un'occhiata, e la lavatrice ha finito, stacco la spina, riaccendo il bagno, stendo? No, non stendo, domani ci pensa Grazietta alla biancheria, rileggiamo, ben concentrata... Nonna, posso venire? Sì amore, anche subito. Tanto per oggi non si combina più niente. L'indomani: che dici, ce ne andiamo in campagna? Pronti, andiamo. Un altro giorno c'è una qualche spesetta, anche se riduco poi sempre le liste più lunghe a pane formaggio e sigarette, quando c'è questo siamo a posto. Suvvia da brava, rileggi e scrivi, e ricomincia il citofono la porta il telefono, un giorno ho contato dodici interruzioni in un'ora e diciamolo pure che io ci stavo, mi lasciavo usare, perché in fondo tutte le scuse sono state buone, finiamola con gli alibi e il vittimismo, si fa di tutto pur di non scrivere di cose che dolgono.

Oltre al precipitare degli avvenimenti sul fronte pubblico, con le coscienze civiche ridotte a poltiglia, sul fronte personale l'effetto morte dell'amico produceva guasti in piccole dosi e a lunga scadenza: ma proprio i guasti produssero gli anticorpi, e gli anticorpi una reazione benefica che mi ha permesso, dando un po' di tempo al tempo, di mettere insieme questo diario di una morte con cenni di biografia e di autobiografia.

A seguito della morte dell'amico ora dovevo cavarmela da me, era venuto a mancare, bruscamente levato via, lo specchio luminoso, quello che anziché rughe e capelli in disordine e occhi gonfi mi rimandava guizzi e bagliori del meglio di me, lo scherzo l'intelligenza la riflessione, scavalcarsi a vicenda nel corrodere e dissacrare, confrontarsi su un'analisi e su un'ipotesi, ritrovarsi dopo quindici giorni io con la sua posizione e lui con la mia, mi hai convinto, no, mi hai convinto tu, il gusto della battuta feroce, della polemica su uomini e fatti, su eventi vecchi e nuovi, ingegneria politica e fantapolitica, dietrologia scatenata, darsi del pazzo a vicenda, speculazione attenta, una massa di elaborazione destinata all'autoconsumo, molto dire e pochissimo fare, stupore dello straniero di passaggio di fronte a tanto zampillare che si perdeva nelle sabbie, e anche questo spreco, diciamolo, è molto siciliano.

Capitolo I

Nissenopazzo

Da tre giorni eravamo inquieti. Lo avevamo cercato a casa a tutte le ore, lasciando squillare a lungo il telefono, invano. Avevo pregato Mariapia di passare dal porto, vedere se il suo Santelia era all'àncora: c'era. Questo era un brutto segno, ci rendeva ancora più inquieti. Se non era in barca, dov'era? Non che avesse l'abitudine di fare saluti e commiati né di comunicare i suoi programmi, ma questa volta era lievemente diverso.

Al quinto giorno suonò il telefono, all'ora solita, le due e mezza le tre, l'ora di un rapido commento ai fatti del giorno, reciproca segnalazione di un qualche articolo di giornale, programmi per la serata.

«Ho preso alloggio in una pensioncina fuori porta» la voce di Rocchi era di timbro nasale, di tono beffardo, di accento nisseno.

«Fuori porta dove?».

«Una deliziosa pensioncina, trattamento familiare».

«Ma dove sei?».

«Al Cervello».

«Quale reparto?».

«Pneumologia».

«Vengo».

Passai a prendere Mariapia. Alle tre d'agosto – solo alle tre d'agosto poi mai più – la città si attraversa tutta d'un fiato. Dicevamo «Lo vedi, non è partito in barca», «Che tipo, poteva anche avvertirci».

A fine luglio ci eravamo visti sulla nostra terrazza, io Mars e Rocchi, chiacchiera fitta, vino freddo, molti particolari noiosissimi di equipaggio, di rotta, di provviste per la barca, un suo mondo a cui io e Mars eravamo totalmente estranei, e poi, incidentalmente:

«Da un mese ho sempre la febbre».

«Ma va'!».

E Rocchi a insistere, e io a minimizzare, giudicandolo sempre un po' esagerato, poi infastidita e sfidante vado a cercare il termometro:

«Ora te lo metti e vediamo».

38,7, restammo senza parola. Gli toccavo le mani, la fronte, «permetti?» due dita nel collo, lo guardavo come un fenomeno contro natura.

«Ma non ti senti malissimo?».

«Mi sento benissimo. Anzi la febbre mi rende intelligente».

«Ma un dolore un reuma un mal di testa?».

«Niente».

Ci lasciò portandosi le nostre esortazioni generiche a vedere un medico. L'indomani a telefono, visto che la febbre continuava e continuavano i programmi di crociera, lo avevo investito in malo modo.

«Fai l'eroe, ma sì. Vattene in barca con 38,7. Pensa che noia che sarai per il tuo equipaggio, pensa che divertimento il malato a bordo. Sei un irresponsabile».

Tra Pneumologia I e Pneumologia II con Mariapia percorremmo chilometri di corridoi e cortili fino a imbatterci in lui. Rocchi avanzava lentamente, mai del resto lo avevo visto correre o scalmanarsi, in jeans e camicetta, gli occhi sorridenti e la bocca seria sotto i baffi rosso-scozzese, un fare affettuoso e sempre leggermente cerimonioso, una strana borsa di tela rigonfia in mano e un'aria da padrone di casa che cerca il posto fresco e tranquillo dove fare accomodare gli ospiti: il meglio lo trovammo sedendoci sul bordo di una vasca rotonda, al centro di un cortile interno, che non recava traccia alcuna di acqua papiri e pescetti rossi, cui sembrava, data la forma e l'ubicazione, destinata; era invece colma di cicche cartacce bottiglie e lattine vuote: tutto attorno il grande ospedale Cervello, il più efficiente della città, sembrava assopito nel caldo.

«Un ospedale da terzo mondo» diceva Rocchi «con attrezzature degne della Svezia e personale medico di prim'ordine, ma sempre terzo mondo è».

L'incalzare delle domande fu placato con gesti mondani, dalla borsa rigonfia Rocchi estrasse una bottiglia di whisky, bicchieri di carta, giornali e sigarette, e per me, astemia, acqua al più vicino rubinetto, da centellinare. E allora? Racconta.

Non eravamo preparate. Eravamo accorse con quel tanto di ansia e compunzione, un po' tese, ora ci ritrovammo a pregarlo di smettere, con la pancia che fa male dalle risate, Mariapia che si asciugava gli occhi con tutta la cautela che il rimmel impone, tra frasi smozzicate e riso soffocato e tutte le cose serie stravolte e deformate dal nostro amico.

A quell'ora in quel cortile non passava nessuno, chiunque avrebbe considerato per lo meno inconsueto, in un luogo di dolore, che tre persone sul bordo di una vasca stessero a bere e a ridere così di cuore.

Il suo racconto, più o meno, era questo: richiesta una visita tramite l'amico Fedele, medico e barcaiolo, trattenuto in osservazione, sottoposto a esami, iniziata una cura, questi i nudi fatti, che diventavano: «Ho deciso di costituirmi spontaneamente, e malgrado la nobiltà del mio gesto mi saltano addosso in cinque, mi immobilizzano e decidono l'internamento. Faccio presente, molto urbanamente, che ho i miei impegni in barca e mi rispondono "lasci fare, lasci fare, lei da qua non si muove". Sbattuto dentro ha inizio l'eroica resistenza contro la caposala che da me vuole una sola cosa: che io indossi il pigiama, la divisa d'ordinanza. Questo mai. Le ho detto che non possiedo pigiama, da allora mi guarda come un pazzo pericoloso. Quindi sono Jack Nicholson in *Qualcuno volò sul nido del cuculo*. La rivolta va punita: abbattiamolo con dosi di antibiotico buone per un cavallo. Non basta. I medici passeggiano a gruppi, quando hanno finito il loro lavoro, e cercano un passatempo. Allora vanno a rinchiudersi in una stanza, chiamano un infermiere e gli dicono: portaci il cavallo. Mi fanno prelevare da un sicario, tradotto davanti a loro non batto ciglio e quelli ogni giorno ne inventano una: oggi lo spaventiamo pungendolo, domani gli infiliamo una cosa in gola, poi gliela infiliamo nel naso, vedrete che arriveranno allo stivaletto cinese, me l'aspetto da un giorno all'altro».

Diradato il gran polverone dell'eroicomico restavano, serissime, le tappe obbligate delle analisi verso una diagnosi: radiografie, broncoscopie, scintigrafie.

«Ma che dicono per ora i medici?».

«Accertamenti».

«Ma qualcosa avranno in testa».

«Assolutamente niente».

«Ma tu che cosa hai capito?».

«Che sperano in una bella tubercolosi. Questo gli piacerebbe molto».

Intanto uno sferragliare di carrelli e un fracasso di manovre annunciava, col sole alto e ancora cocente, il rancio della sera: ragioni sindacali, come dire dogma di fede, nel cui nome qui si commette di tutto, anche reati. E se sul patetico interesse degli ammalati al cibo, e sulla sproporzionata quantità di pane che riceveva, eguale a quella del manovale di vent'anni, e sulla pastina in brodo posata sul comodino quattro ore prima, si poteva scherzare, Rocchi ci annunciò fin da quel primo giorno che «sui gabinetti non c'è nessuno sketch» e lo disse così serio da farci intravedere la gravità dell'offesa, della sozzura, no, su questo non poteva scherzare, lui che aveva il culto della toilette mattutina da sibarita, con musiche schiume e telefono a portata di mano.

Insistevamo: «Che ti porto? Che ti serve?» e oltre alle Gauloises senza filtro non voleva proprio niente, i giornali li comprava lì, del cibo non gli era mai importato nulla, dolci e frutta manco a parlarne. «Ah, sì, c'è qualcosa che mi interessa molto» sulla soglia del cancello non rinunciò a lanciare il mortaretto finale del suo gioco pirotecnico «vorrei subito un catalogo di Gorgone, quello delle pompe funebri...», noi ridendo «finiscila!» e lui incalzante «m'interessa decidere, quercia o mogano, croce niente, filetto d'oro sì o filetto d'oro no?...» di nuovo ci imponeva di ridere e ci riusciva, ci dominava e dominava la situazione, spazzando via banalità, frasi fatte e di circostanza e tutte le idiozie o i silenzi cui uno si aggrappa in casi del genere.

In auto restammo silenziose, entrambe molto assorte, un cuor nero, concordammo solo su una cosa: aspettiamo la diagnosi. Che non venne mai.

I suoi amici andavano a trovarlo ogni giorno, l'equipaggio restò a terra, noi non andammo in campagna, l'Ariete seguì per telefono le vicende, e il circoletto che facevamo in ospedale, tutti attorno a lui a chiedere notizie, doveva seccarlo terribilmente, rimediava dirigendo lui la conversazione, avviandola sul commento ai fatti del giorno o prodigandosi in sketch, perché sulla sua salute c'era proprio niente da dire. Accertamenti.

Già attorno a ferragosto era cominciato il fuggi fuggi dei medici. Vederlo da lontano e squagliarsela, incontrarlo in un corridoio e accusare premura e fretta inderogabili, evitare di vederlo di guardarlo di salutarlo.

«È colpa mia, non è colpa loro», diceva, «sono diventato trasparente, non mi vedono».

L'ospedale del terzo mondo, con attrezzature da Svezia e personale di prim'ordine, non era in grado di fronteggiare il paziente saldo e solo, seriamente interessato a un evento fondamentale e personale come la sua propria morte. L'assenza di intermediari – moglie figli fratelli cognati – cui parlare chiaro al momento in cui tanti sospetti sono diventati una sola certezza, la fermezza nell'esigere la messa al bando di trucchetti e mezze verità, la proibizione agli amici di intervenire, raccogliere il verbo e travasarlo edulcorato a lui, tutto ciò creò un caso anomalo, senza precedente alcuno: i camici bianchi svolazzarono lontano in ampi giri e la mattina del 19 agosto Rocchi fu dimesso. Scese in cortile, si accese una sigaretta, ritrovò la macchina al posteggio, mise in moto e se ne andò a casa senza una diagnosi una prescrizione una ricetta un'ipotesi. Quali parole sarebbero state più chiare e più tremende di questo silenzio?

Non aveva detto nemmeno a noi che sarebbe uscito, temendo che al momento del congedo un medico potesse scavalcarlo e abboccarsi con noi, che nella deontologia forse è delicatezza, ma a lui e a noi suonava come sprezzo.

Gli era stato solo detto, un po' *en passant*, che col medico Fedele, suo amico e barcarolo, gli avrebbero mandato tutti gli esami il responso ecc. e Fedele arrivò col suo fardello, ma alcuni giorni più tardi, e perché buonissimo e perché amico, le parole gli uscivano a stento dalla bocca.

Appena giunto a casa Rocchi ci convocò per mezzogiorno e intanto si dedicò a una gran toilette di docce schiume dopobarba colonia musiche e violini. Io e Mars arrivammo puntuali, con la bottiglia di spumante più fuori luogo e più apprezzata, e l'attico abbacinante di luce, come non lo avevamo mai visto, sia perché la nostra era un'amicizia serale, sia perché su cento volte che ci vedevamo cento volte era lui che veniva da noi, mi sembrò splendido, da quartiere dei bianchi, dalla terrazza Palermo avvolta in un pulviscolo d'oro e di mefitico caldo.

Rocchi sedette sul divano, sotto la ragazza di Guttuso, lasciò a me la sua poltrona troneggiante su pile di giornali libri e riviste, Mars sull'altra poltrona (tutti e tre ci definivamo una segreteria!) e questa fu la riunione di segreteria con un solo punto all'ordine del giorno e senza nemmeno varie ed eventuali.

Di tutta una vicenda ci sono mille momenti, ma quello che si fissò con colori odori suoni toni e timbro di luce violenta e di voce pacata fu quando Rocchi esordì, fumando lento: «Ho un tumore maligno incurabile e inoperabile qui al centro» e segnava il torace e poi espose uno per uno tutti gli elementi di cui era entrato in possesso attraverso l'attenta osservazione dei medici che l'osservavano, afferrando ora mezza parola, ora uno sguardo eloquente, qualcosa soffiato a mezza voce, tra di loro, un no detto con le sopracciglia alzate, un dar di gomito dissimulato, una gentilezza eccessiva o una bruschezza improvvisa e poi la fuga generale e i silenzi, soprattutto i silenzi, e la mano scherzosa del primario che minaccia legnate alla sigaretta e Rocchi calmo e pronto, ma spavaldo:

«Se buttarla vuol dire campare guardi che la butto subito e per sempre, me lo dica lei...» e quello colto da vampate di imbarazzo subito in fuga, ancora minacciando legnate al mattacchione.

Ora per lui si trattava di sapere, prima di ogni cosa, quanto tempo avrebbe avuto a disposizione (suo padre era morto quasi trenta anni prima di cancro al polmone, tre mesi tra la diagnosi e la bara) e come questo tempo doveva essere impiegato, perché di una sola cosa realmente gli importava: della qualità della vita, perché quella che gli rimaneva la esigeva se non perfetta almeno un tantino piacevole e se non proprio allegra almeno serena. Quando la qualità della vita sarebbe mutata, degradata da un qualche dolore insopportabile (ma dove, ma come, se mi sento bene, solo un po' stracco) o da un sospetto di metastasi (le più temute, con orrore, al cervello) allora, e non prima e non dopo, senza fughe in avanti e senza fughe all'indietro, lui avrebbe provveduto.

Usava eufemismi come «provvedere», più indicato al rubinetto rotto o alla macchina in panne, usava parole pratiche e devitalizzate, ma in realtà ci stava dicendo: niente agonia, né lunga né breve, niente malato abbuffato e stonato di morfina, il corpo incosciente diventato oggetto. «Molto prima di questo momento me ne vado, tanto la porta è aperta, anzi spalancata...». Rivendicava la piena dignità della sua persona umana, nessuna reificazione, voleva rimanere soggetto primo e sovrano, non solo in sensi, ma anche in piedi.

Oddìo una protesta, una obiezione, una qualche falsità consolatoria e interlocutoria: io e Mars non battevamo ciglio, e poco dopo ci si sciolse anche la lingua e facevamo domande proposte suggerimenti.

Non ricordo di avere fatto chi sa che sforzo per controllarmi e per essere all'altezza della situazione. Tutto veniva così naturale, per questo aveva chiamato noi e non altri, perché da trent'anni eravamo amici e avevamo maturato tutti e tre, con scambio incessante e intenso, quell'alta educazione alla vita che ora, capivo, ci serviva soprattutto alla morte.

Solo un tremore interno, qualcosa che si aggruma e si scioglie, si riaggruma e si riscioglie alla cosiddetta *bocca dello stomaco*, mi avvertiva, oltre che dell'ulcera, che quella conversazione dall'aria così quieta, in poltrona, era la massima prova che stavamo dando di noi stessi, era coronamento e apice di tutto ciò che per trent'anni avevamo pensato detto creduto e affermato, e qui Rodi e qui salta, vediamo come te la cavi, vediamo se veramente tra il dire e il fare c'è di mezzo il mare, era lo stadio coerente e supremo del nostro orgoglio laico, pianta rigogliosa nella serra del privato dopo tutte le batoste e politiche e pubbliche, era una conversazione che segnava un punto di non ritorno per le nostre tre esistenze.

E fu definitiva. Non ce ne furono altre, ma al termine della mattinata Rocchi ci avvertì: «Sono i primi accordi dell'orchestra, la sinfonia non è cominciata, che musica che sentiremo!» e tra la metafora e tra la mimica e tra il dialetto che in questi casi usava, a me e a

Mars, col cuore spaccato in due, ci usciva fuori una risata che parevano colpi di tosse.

Seguirono, nel tempo, vari «ritocchi organizzativi». Intanto dalla riunione derivavano decisioni immediate e operative, come quella di tenere fuori il più possibile l'Ariete (avrà tempo di capire, di sapere, oh se avrà tempo!) perché troppo emotiva. (Solo violenza e prevaricazione potrebbero indurmi a indugiare sull'Ariete: malgrado il gran posto che ebbe nella vita del nostro amico manterrò quell'assoluta discrezione che fu sempre in vigore tra noi sull'argomento). Fu anche deciso: che non si sarebbe aperto il club serale, il salotto permanente, come qui si usa, attorno al malato terminale, con venti trenta persone che ogni sera si danno convegno, tavola imbandita, drink, cameriere di colore che sfaccendano e tutti a giurare al morente che sta guarendo, mai vista così bella cera; come pure fu deciso che, in omaggio alla qualità della vita, di chemioterapia non se ne sarebbe mai parlato e che noi lo avremmo difeso, sottraendolo agli impietosi attacchi dell'affetto in cerca di dilazioni, e che infine non era da escludere una capatina in Svizzera, dal dottor D., da tempo definito il medico condotto dei palermitani ricchi.

Nei giorni che seguirono questa idea del viaggio prese corpo, valse a distrarre, sembrò forse a qualcuno un viaggio della speranza, mentre per Rocchi aveva un obiettivo solo: fare tutto ciò che va fatto per vivere e sapere tutto ciò che c'è da sapere su come e quando morire (chiede nulla lui!) e venne del tutto spontaneo, addirittura divertente, che Mars, esperto in lingue e orari e combinazioni di treni e aerei, lo accompagnasse.

Ma all'aeroporto di Ginevra tutti e due, senza dirselo, si sentirono perduti. I corridoi lunghi chilometri di colpo diventarono un ostacolo insormontabile, Rocchi ansava e rallentava, Mars compì il gesto difficile, accettato di buon grado, di togliergli la valigetta di mano e procedettero lenti, lentissimi, tra viaggiatori dal passo elastico e allungato proprio di stazioni e aeroporti che li superavano dai due lati e li lasciavano indietro, mentre, come si confessarono dopo l'un l'altro, Rocchi pensava «ora svengo» e Mars pensava «ora sviene», fu quindi un trascinarsi penosissimo fino al pullman per Losanna.

Sulla malattia del nostro amico esistono due sole testimonianze di suo pugno, una di queste è la lettera che scrisse a Mariapia da Losanna, qualche giorno dopo, in ore dure, che a rileggerla suscita un unico commento sbigottito e intraducibile: *come gli spercia?*, che sarebbe «come gli sbuca, come gli viene fuori», un'espressione che usiamo continuamente, con connotato deplorativo, nei confronti di chi, avendo ben altro da fare o da pensare, si lasciasse andare a fare o pensare cose di gran lunga meno importanti o frivole. La lettera dice:

Cara Mariapia, luce del Mediterraneo e ora anche della Svizzera di lingua non tedesca, come stai? Come ti avrà probabilmente informato Marcello sto girando un film ambientato, per ragioni commerciali, un po' in Sicilia, a Palermo, con vista di Monte Pellegrino, dei Cappuccini (al solito), del

«Cervello» e un po' in Svizzera, a Losanna, sul lago Lemano e altri posti turistici. Non è un gran film, credo, per quanto ne ho capito; il copione è segreto, l'ha il regista, e, sempre per motivi commerciali, non lo rivela a nessuno. Il titolo provvisorio è «Nissenopazzo contro i medici». La trama, per quello che se ne sa, è elementare: un gruppo di medici, aiutati da un loro collega traditore (a nome Fedele), che ha la fiducia di Nissenopazzo, prende prigioniero Nissenopazzo, che è un uomo buono simpatico e semplice (l'eroe positivo), alla mano con tutti, anche con i medici (buoni). Lo chiamano Nissenopazzo perché è discendente della tribù nissena ormai decimata e praticamente scomparsa, e ha combattuto i medici cattivi che lo hanno torturato fin da piccolo, affrontandoli senza armi a mani nude e mettendoli in fuga.

Questi medici cattivi di Palermo, aiutati da Fedele, lo portano legato mani e piedi nel loro covo, un posto chiamato (chissà perché?) «Cervello», e lo torturano iniettandogli una quantità enorme di antibiotici per costringerlo a indossare il pigiama. Nissenopazzo però resiste e non indossa nessun pigiama, e aiutato da un vero amico fidato (si parla nientedimeno di affidare questa parte a Marcello, se si riesce, come ormai sembra certo, a farne una coproduzione internazionale) si libera e con l'aiuto di Maria Gabriella scappa in aereo cercando scampo in un paese tradizionalmente neutrale: la Svizzera. (Vedute aeree del lago Lemano, chiesa di San Francesco ecc., il film è anche turistico). In Svizzera però opera una banda di medici (forse collegati con quelli palermitani) e subito lo prendono prigioniero. Lo spogliano e lo portano in giro per corridoi e corridoi e corridoi. Il film è pieno di colpi di scena, combattimenti, fughe, interrogatori e danze rituali di medici cattivi che poi legano Nissenopazzo a macchine tremende. Nissenopazzo resiste e t'abbraccia forte forte forte forte. Rocchi.

Gli *sperciava* una cosa sola: l'onnipotenza del pensiero, la levità, la sua immagine.

Dopo averlo pesato auscultato interrogato e dopo aver lungamente scrutato le radiografie, continuamente esclamando «siamo fortunati, molto fortunati» perché le giudicava eccellenti e non bisognava rifarle (un tipo di fortuna su cui a Rocchi era anche troppo facile innescare motti e ironia), il buon dottor D. prese a fissare con impegno eccessivo il piede del tavolo, occhi a terra, meditabondo.

«Vedendolo così triste», ci raccontava poi il nostro amico, «non volevo infierire, ma mi sembrava giunto il momento di fare a mia volta delle domande. Allora, dottore, quanto mi dà? Sei mesi? E lui immobile, gli occhi al piede del tavolo. Dimezziamo. Tre mesi? Silenzio. Un mese? Silenzio. Allora gli dissi: mi dica la verità, dottore, ce l'ho il tempo di andare a comprare le sigarette qui all'angolo?».

La battuta liberatoria rimise a suo agio il dottor D., che si levò in tutta la sua statura e mise la mano sulla spalla di Rocchi:

«Lei è molto bravo, molto bravo. Vediamo lunedì il dottor S., oncologo».

Con Mars, che lo aspettava in anticamera, decisero che ci voleva un whisky, liscio e subito, dopo di che bisognava «studiare la situazione», ma «non c'era che studiare», c'era solo da constatare che ogni gradino della scala è logico, ma la scala dove porta? E benché tentassero di parlare d'altro e da solo il discorso si arrotolasse su se stesso e tornasse al punto di partenza e benché si difendessero dalla piena dello scoraggiamento così come dal filtrare di assurde speranze legate all'oncologo S., la serata fu definita da Mars, campione di *understatement* come Rocchi lo era dell'iperbole, «un po' angosciosa». Erano molto diversi: tanto Rocchi parlava amava parlare e sapeva parlare, tanto Mars taceva amava tacere e sapeva tacere.

Avevano davanti un sabato e una domenica, giorni in cui Losanna cade preda di un felpato languore festivo e, su da bravi, il super-io avanti a tutta forza mentre nel profondo qualcosa si contorce ululando, tra pullman e trenino e *lentissimo pede*, organizzarono ed eseguirono una gita a Evian, con sosta in una borgata in festa di vendemmia e si aggiravano curiosi attenti divertiti ammirati e critici, perché di questi svizzeri un siciliano non finisce mai di stupirsi.

Il lunedì mattina con l'oncologo, nello studio di D., si svolse una sorta di trattativa: intervenire subito col betatrone, almeno trenta sedute, ma in cambio di che? Cominciò una sorta di contrattazione. I due medici erano cauti e solo dopo molte insistenze («insomma una contropartita dovete pur darmela, sennò che faccio, trenta sedute e l'indomani muoio?») alla fine si sbilanciarono, un po' a denti stretti, forse mentendo, forse no: un mese di betatrone (per chi sopravvive, ma questo non lo dissero) può anche significare forse, qualche volta, non è detto, ma insomma potrebbe anche significare due mesi di vita, e Rocchi soppesava e vagliava la proposta: uno contro due eventuali, mi conviene? Sì che mi conviene, sempre vita è. E quanto a qualità, come sarebbe stata questa vita? Non male. Non male che vuol dire? Beh, dipende dall'organismo... OK, quando si comincia? Domani alle nove.

«Siamo molto stretti» disse il dottor D., «molto stretti» e allargava i gomiti col gesto di chi vuole farsi largo dove non c'è né largo né margine.

I due amici quel giorno a lungo discussero e a lungo progettarono, intanto c'erano da definire subito tutti i particolari della lunga sistemazione, perché fosse confortevole: ci volevano soldi da accreditare in una banca svizzera, vestiario, cappotti, libri. A lungo passeggiarono come lumache nel tiepido sole, contenti della decisione, perché rifiutare la cura sarebbe stata una di quelle temute fughe, contenti di un prossimo futuro calcolato sulle dita di una mano: se finisco il 14 ottobre, il 14 novembre è un mese, il 14 dicembre è il secondo mese, capace che arrivo a Natale, diceva Rocchi. Andavano calcolate trenta sedute, con esclusione di sabato e domenica, quindi avrebbe finito appunto alla metà di ottobre.

Ma che è 'stu betatrone? Un bombardamento di particelle alfa, o beta che fossero, o altro, non cambiava nulla perché l'ignorante ne sa quanto prima.

Né c'era da rendere conto della lunga assenza a nessuno, fuorché, forse, all'Ariete. «Che le dico?» si chiedeva Rocchi perplesso, quasi tra sé e sé, investendo così anche Mars, malgrado la discrezione sempre mantenuta al riguardo, e Mars: «Tu dille che fai il betatrone, senza dare troppe spiegazioni», ma quella sera, appena Rocchi glielo disse a telefono, come se dicesse «faccio gargarismi», le grida appassionate e terrorizzate dell'Ariete: «Betatrone si fa all'ultimo stadio! Betatrone lo fa chi è spacciato!» sconvolsero Rocchi, aggiunsero gradi alla febbre che non lo lasciava mai, e lo ammutolirono lungamente, finché le questioni organizzative non presero il sopravvento e un interminabile elenco di calze e golf destinato al cameriere Pino e un elenco di libri destinato a me da prelevare a casa sua e spedire, non lo assorbì completamente.

Mars sarebbe partito l'indomani, tranquillo, e sarebbe ritornato il più presto possibile.

Nel comodo efficiente albergo di Place de la Gare bisognava che ci fosse sempre un posto per lui o per altri: fu stanato e convocato il direttore, che sembrò uno svizzero *grevio* (senza sale) e impassibile, tutto preso dalla sua alta funzione, andava lavorato e addomesticato, fin quando, dopo l'alternarsi impeccabile di tedesco e di francese nella trattativa con l'amministrazione, non fu scoperto l'emigrato della provincia di Avellino, allora cosa nostra, ci capiamo, si passò al dialetto, prezzi scontati, anzi stracciati, e la stanza più bella tra le belle, e le faccio avere una cassetta di vino bianco siciliano e dottore non si preoccupi, quanto vuole cambiare le cambio, assegni vaglia qualunque cosa.

All'indomani Mars lo accompagnò in ospedale e partì, relativamente tranquillo.

Invece seguirono quattro giorni cruciali, gli unici di cui Rocchi scrisse un diario, su un quaderno a quadretti, da cui risultava che fare il betatrone non era fare gargarismi.

Dal diario dell'amico:

Martedì 4 settembre

Mars si alza alle 6.40. Perché? 9.30 bus per ospital. Mars mi accompagna. Saluti [spartani cancellato, n.d.a.] tebani davanti l'entrata. Vengo subito preso in consegna da dottoressa B., bell'esemplare di maschio adulto svizzero. Vengo consegnato, previa ricevuta, a un gruppetto di ragazzini, quattro o cinque, di 22-27 anni al massimo. Vengo subito sdraiato su un asse supino. Calano dal soffitto bracci misteriosi con punte.

Sul mio torace vengono tracciate con matite fosforescenti linee dritte e rettangolari. Poi vengo radiografato senza muovermi. Poi lasciato sull'asse come un pacco senza interesse. Entrano e escono ragazzi e ci sorridiamo come cenno di comunicazione. Poi vengo rivoltato bocconi, stessa scena. Sono le 11.10, sono infreddolito, a torso nudo da un'ora. Sono radiografato di spalle. Poi di nuovo lasciato lì come un pacco. Scompaiono tutti e mi sorridono.

Solo, decido di alzarmi e di coprirmi. Faccio bene? Sono stanco, stanco di stare supino o bocconi immobile. Tornano e si mettono a tavolino con riga e squadra. Tirano linee su un foglio da disegno: probabilmente stanno decidendo e circoscrivendo la zona da bombardare.

Entra ragazzino e porta radio mie in cui si vedono chiaramente i segni che mi hanno fatto. Entra la dottoressa B. che mi sorride in maniera inequivocabile: chiede se stasera ho impegni. Sorrido rassicurandola, stasera non ho impegni. Esamina la vetrina con le mie ossa: è soddisfatta ma faticosamente capisco che vuole trois centimètres e non 2,5. Di che? Il risultato è che vengo rimesso sull'asse. Di nuovo apparecchi che s'abbassano, ruotano, muovono l'asse su cui sto, mi alzano, mi abbassano, e io ora supino ora bocconi.

Sono le 12.10. Sono stanco. Non l'ammetto e quando, sempre sorridendo, mi chiedono come si va, rispondo «c'est magnifique». Ma non è vero. Ho un freddo cane, sono stanco e non ci trovo niente di magnifico.

Vengo fatto «abbigliare». Ma prima entra la B. Mi sorride confermando per stasera e io sorridendo confermo. Riesco a chiedere: ci sono subito effetti collaterali? No, non all'inizio, semmai verso la fine potrà avere qualche difficoltà a deglutire. Ma niente di cui valga la pena parlare.

«Abbigliato» vengo preso in consegna da un ragazzo con la barba e portato per corridoi e porte in altro reparto. In una saletta d'attesa c'è già uno che chiede ai quattro presenti di Monsieur... Sono io. Subito di nuovo desabillé vengo fatto entrare in una stanza vagamente paurosa vagamente televisiva. C'è di nuovo un asse stretto e sopra una sorta di medievale pietra sepolcrale enorme, più grande dell'asse. Verde. Al centro c'è una finestrella piccola come un mattone di 15x30: una sorta di piccolo occhio giallo sorridente e maligno.

Vengo posto sull'asse e l'occhio giallo mi fissa tremendo e simpatico. Uno con la barba (però questo è un altro) mi si avvicina e mi sussurra, mezzo in francese e mezzo in italiano: «Per dieci minuti respiri normalmente. Se non può, quando non può, alzi la mano destra. Attraverso la camera guardiamo e sospendiamo». E prima di allontanarsi mi chiede: come si va? C'est magnifique, rispondo sorridendo.

Scappa via e poco dopo l'occhio giallo si spegne. La lastra sepolcrale si abbassa con un ringhio basso e minaccioso e resta lì, la lastra verde a cercare di farmi paura e io pronto a confermare c'est magnifique.

Tutto cessa alle 12.50. Vengo sceso dall'asse, sono anchilosato dall'immobilità. Ho le gambe di un altro, almeno così mi sembra.

Mi riabbiglio e vengo preso in consegna da un altro che

mi porta in un ufficio dove mi interrogano con durezza per strapparmi il numero di codice postale a Palermo. Ma mi comporto con dignità: in italiano (cosa che li irrita), senza sforzi di aggiungere parole francesi, dico che non lo so. Aggiungo lentamente che se lo sapessi non lo direi. In Sicilia, aggiungo sempre lentamente – ché possano capirmi –, nessun uomo d'onore dice il proprio codice postale. La cosa evidentemente li sconvolge, ma uno nascosto spiega (così ho capito) che non è compito dell'ospedale affrontare problemi etnici o d'indipendenza nazionale.

Mi lasciano andare sorridendo e con mille scuse. Vengo portato, sempre con le gambe di un altro, al radiografia IV. Qui mi rispoglio ancora, e ancora 4 o 5 radiografie o di più? Posso rivestirmi. Dopo l'uscita a gauche e subito dopo a droite.

Sono le 13.55. Mi siedo su una pietra e accendo una sigaretta. Ora sono le 15.10 e ho finito questi appunti: ora o mai più. Domani, ma solo per domani, a deux heures. Dormo profondamente circa due ore. Con uno sforzo mi alzo. Suona il telefono, Mars e Giuliana. Temperatura 37,5. Scrivo a Mariapia [la lettera che abbiamo già letto, n.d.a.].

Mercoledì 5 settembre

Stamattina sono libero, mi alzo tardi. La giornata è bella. Alle 10.30 esco per imbucare la lettera a Mariapia e comprare il Corriere. Non ho fatto la doccia nel timore di cancellare tutti i segni a matita copiativa che ho sul petto e sulle spalle, rettangoli, finestre ecc.

Alle 12.45 prendo un potage dei Grigioni che spiega molte cose sulla loro assenza dalla storia. Dimmi che potage hai e ti dirò chi sei: grigione! Alle 13.30 mentre oblitero il biglietto dell'autobus sento gocciolare il naso: è sangue. Tampono con il fazzoletto e scappo in albergo. In camera con fazzoletti di carta e acqua fredda tampono, il sangue si ferma. Prendo l'autobus, due fermate prima dell'ospedale (sempre fortunato!) scoppia un'emorragia che niente riesce a fermare. Macchio la maglietta, i pantaloni, il giubbotto. Sono o un macellaio o un macellato. Non c'è fazzoletto di carta che basta.

Non riesco a fare i novanta metri del viale dell'ospedale: due donne mi prendono sotto braccio e quasi sollevandomi mi depongono all'accettazione. Qui tra decine di Oh! Oh! Oh! mi si piegano le ginocchia, non riesco a respirare, il cuore avrà 300 pulsazioni.

Sento che mi mettono su una sedia e corrono per corridoi fino a una cameretta. Accorre un medico che con una siringa mi inietta non so cosa nel naso. Esce sangue, vomito il potage, l'anima, il cervello... Poi mi medicano. L'emorragia si arresta. A ondate entrano giovani e vecchie infermiere. Sorridono e chiedono come si va. Debbo avere una faccia paurosa. Il medico che mi ha curato ha telefonato alla dottoressa B. Sono ormai le 14.45. Non so come arrivo dalla B., serena e badiale, a cui chiedo se tutto questo sangue può essere effetto secondario della prima seduta: «è escluso» dice sorridendo «totalmente escluso».

E allora? Mah! Forse una fragilità vasale eccitata da un'emozione, da stanchezza, da sbalzi di pressione. Chi può dirlo sul momento? Ma si capisce che la cosa non la interessa minimamente, forse l'annoia. Mi sento un poco ridicolo, pieno di sangue dappertutto, una faccia che non vedo ma che capisco e, che sciocchino!, voglio sapere perché per la prima volta in vita mia mi esce sangue dal naso.

La B. sorride, mi prende per un braccio e mi porta dall'uomo della macchina con l'occhio giallo. Comunque la seduta si fa ed è inutile che io cerchi scuse con l'aria stanca e gli occhi di cane, sembra dire sorridendo.

E la seduta si fa. Per fortuna sto a torso nudo solo 15-20 minuti. Poi mi portano dai geometri del giorno prima... OK posso andare. Domani alle 8.30.

Salgo sull'autobus che è pieno di signore giovani e diciamo meno giovani. E qui succede un'altra cosa che non mi era successa in vita mia, mai. Non ci avevo mai pensato neanche come fantascienza. Stupidamente. Mi afferro per tenermi alla spalliera di un sedile, ma prima che l'autobus parta due signore di 70 anni e una giovane signora scattano in piedi per darmi il posto. E io non capisco. Per qualche secondo penso che debbano scendere e sto fermo a guardarle finché qualcuno non mi mette a sedere. Quaranta giorni fa circa facevo la regata a Ustica.

Ora sono in albergo. Sono stato un'ora fermo, immobile in poltrona. Ora sto meglio. Mi chiedo tante cose. Questo sangue che cazzo è?... Perché mai la B. se ne frega? Questa leggerezza nei medici in quanto tali NON esiste, NON può esistere. La B. mi ha guardato come un cardiologo può guardare uno colpito da infarto che gli chiedesse consigli contro la forfora.

Se quello che penso è giusto... Ma io allora faccio bene a intraprendere questa odissea senza Itaca per un mese e mezzo? Sono certo di farcela per un mese e mezzo? Ora come ora non mi pare. Per loro, i medici, a parlare italiano, io sono morto. Non rischiano niente. Possono solo riuscire a darmi un po' di esistenza. Ma io? Io sto giocando quel poco pochissimo che ho.

Sono molto confuso stasera...

Giovedì 6 settembre

Scrivo venerdì mattina, alle 11.30 perché all'ospedale vado alle 14. All'1.15 di ieri notte ho avuto una nuova emorragia.

Un'ora a pulire il gabinetto. Sono terrorizzato se mi capita al ristorante, in autobus di nuovo, ecc. Dormo fino alle sette, nuova emorragia, non ne posso più. Tampono alla meno peggio. Prendo un taxi e corro in ospedale. Qui appena mi vedono partono avanti per primi, sedia a rotelle, corsa, medico. Sembra un film di Tati. Pulizia, medicazione, visita al naso: anche questo ragazzo si accorge che il naso è finto: costernazione. Comunque non c'è niente da preoccuparsi, va tutto bene.

Dalla dott. B. c'è consulto, parlano in francese svelto: riesco a capire – forse – o fragilità vasale periferica o velocità di sedimentazione. Se voglio posso ricoverarmi. Vengo preso in consegna da un'infermiera, portato in un posto, misurazione pressione, prelievo. Da qui consegnato a cinque giovanotti e in corteo condotto a tomografie transverse (che è?). Esami, tipo radiografia in un cerchio bianco: pas respirer – 5 secondi – respirez normalment. Prelievo stranissimo di sangue... Mi sorridono tutti, sempre. Sono troppo gentili per fare dello spirito. Ora mi tocca il betatrone (che è?) altri venti minuti. Questa è la terza seduta. Alle 12 esco. Sono stanco. Molto molto più stanco che se avessi fatto due notti al timone. Ed è una stanchezza tremenda, diversa, diciamolo, mortuaria. Al bar dell'albergo, al sole, prendo un enorme gelato e una birra. Ho la bocca piena di sapore di sangue. Alle 14.30 mi metto a letto e dormo tre ore. Telefona alle 19 Giuliana e poi Mariapia. Come sto? Bene. Ma che è bello parlare con le cose più care che ho al mondo!

Incomincio a capire che debbo stare attento. Io sto in piedi perché così voglio. Mi ispiro a Vespasiano. Per fare 20 passi mi concentro 5 minuti prima e poi riesco a farli. So che le gambe non c'entrano, c'entra la testa.

Ora debbo stare attento, ancora più attento, ai sentimenti, alle commozioni «dell'ammalato». Sarà più difficile, penso, ma si farà.

Venerdì 7 settembre

Ore 14.15 betatron
Ore 15 libero. Bell'esibizione in piazza San Francesco [cioè emorragia n.d.a.]
Ore 18 telefona Vincenzo temp. 38,8
Ore 18.45 emorragia di gala
Ore 19.30 temp. 39
Ore 20.30 emorragia gran gala – tel. Giuliana
Ore 24 emorragia – medico
Ore 2.40 medico
4.10 medico

Sabato 8 settembre

Arrivo angeli
Sabato calmo

Qui finiscono gli appunti.

Gli angeli lo trovarono nella sua stanza d'albergo ben riscaldata, inondata di sole, con la finestra spalancata su un'aria fina. In poltrona con giornali sigarette e vino, fresco sorridente e profumato, lievemente smagrito, un bel pullover, disperato di averci «disturbato», felice di averci lì.

Alla mia telefonata delle 20.30 della sera prima, dopo il gran gala emorragico, Rocchi aveva risposto un po' ansando, e al mio «come stai?» assolutamente interlocutorio, perché gli telefonavo più che altro per ciao ciao di compagnia, dopo un notevole silenzio rispose:

«Sto morendo come un cretino in una camera d'albergo svizzero...». Ora tacevo io e prima che dicessi «che hai» lui continuava:

«Perdo sangue da tutte le parti, sono stanco e schifato di pulire il lavandino...».

«Chiama subito un medico».

«Se chiamo un medico mi ricoverano e io non voglio».

«Ora vediamo, ora veniamo, ti richiamo».

Cominciò un gran galoppo. Primo: cercare Mars, inviato dal giornale a un convegno ad Acireale. Secondo: cercare l'Ariete. Terzo: partire nella notte o all'alba, uno o due di noi, insomma, decidere subito.

Dopo avere telefonato a molti alberghi trovai Mars, ma i convegnisti erano tutti a un pranzo ufficiale. Riproverò. Chiamo l'Ariete, era fuori. Riproverò: neeeervi.

Alle undici mi chiama lei, la informo, concordiamo l'unica proposta immediata e concertiamo un intervento congiunto sul portiere di notte, perché Rocchi abbia subito un medico e che non si parli di ricovero.

Rocchi non parla nessuna lingua, «a stento l'italiano» dice sempre lui, io o l'Ariete possiamo mettere sull'attenti in francese tedesco o inglese qualunque *concierge*, anche notturno, rassicurandolo molto autoritariamente che «no, Herr Rocchi wird nicht plötzlich sterben, jedenfalls... stiamo arrivando, no, le assicuro che non muore in albergo», e Rocchi verso mezzanotte ha al fianco un dottorino gentile che spiega, fa iniezioni, misura febbre, calma, consola, che ritorna due volte nella notte e lo lascia all'alba molto meglio.

Intanto trovo Mars, decidiamo che prenda subito un tassì da Catania, chissà quanto costa, noi che siamo il contrario del non-badiamo-a-spese, questa volta chi ci bada, mentre Mars viaggia alla volta di Palermo mi faccio dare da Dome, piano di sotto, un po' di soldi. All'1.30 arriva Mars, per me uovo al tegamino, per lui un bel whisky allungatissimo, conciliabolo a due, la mano nella mano, calma, calma, Mars la irradia, ora meglio non coricarsi, ci facciamo un bagno caldo, verso le tre confezioniamo i nostri bagaglietti a mano, all'alba partiamo in macchina per Punta Raisi, troveremo posto su Milano? Non lo troviamo, tutto preso.

Se non fossimo a Palermo avremmo solo da girare sui tacchi e andare a coricarci, ma dopo un attimo di sgomento ci è chiaro che abbiamo solo due vie. La prima, impraticabile da entrambi sia separatamente che congiuntamente, richiederebbe quella grinta da giornalista che affida alla sua testata la sua pochezza. Sono del *L'Ora*, sono del *Sicilia*, ho bisogno subito di due posti su Milano... Si spalancherebbe il portello dell'aereo, le porte del teatro, qualunque transenna qualunque ingresso, perché più scende la subcultura del contesto generale più sale il mitico giornalista, che può sempre servire, non si sa mai. Ma non è cosa nostra, non lo sappiamo fare, le poche volte che io ho detto il nome della testata è stato talmente in ritardo e così a bassa voce che sa di menzogna e non viene presa in considerazione dall'usciere. Nella mia presunzione faraonica nome e cognome mi sembravano più e meglio di qualsiasi testata (difetti come questo mandavano in visibilio

Rocchi) con l'inconveniente che l'interlocutore la pensa esattamente, e giustamente, al contrario.

La seconda via era quella soft, morbida: viviamo in una società amicale parentale familiale tribale, santa madonna, approfittiamone! Proviamo. Telefonammo a un'amica che ovviamente dormiva, le esponemmo il caso, era amica di Rocchi, borbottò «che bello avere amici come voi, richiamatemi», telefonò ad amici suoi che stavano in aeroporto con i posti liberi conservati nel cassetto, appunto per gli amici degli amici, la richiamammo, ci diede l'apriti sesamo, cercate il Tale, dite solo il vostro nome, il Tale andò al bancone, due parole all'orecchio del collega, ecco i biglietti. E il ritorno open? Open, bagaglio a mano, tutto a posto.

Al primo ruggito dei motori sulla pista il cielo fiammeggiava il mare baluginava e, mano nella mano, la mia tensione squagliava in lacrime silenziose, certi come eravamo che avremmo trovato Rocchi morto o morente, mentre Mars si immergeva nella lettura del fondo del *Giornale di Sicilia* con un'attenzione che sembrava finta e invece era vera (anche cose come questa mandavano in visibilio Rocchi).

A Milano a rotta di collo a prendere il treno, a Domodossola non avevo il passaporto in ordine, non ricordo se scaduto o che altro, e poiché la Svizzera non è CEE non si passa, punto e basta.

«Basta, rimango qui, tu vai, rimango e ti raggiungo appena in ordine, vai vai, io resto» e mi vedevo già marcire assurdamente a Domodossola. Sapevo come Mars entra in furore bianco per questo tipo di dimenticanze, non dice niente, si leva e si mette gli occhiali dieci volte, agita e sventola leggermente qualche libro o giornale, perché la legge innanzi tutto, è inammissibile, sei imperdonabile, detto a mezza voce e io piglio avanti sfottendo, e invece quella mattina sapevamo quanto avevamo bisogno l'uno dell'altro, perché non sapevamo quel che ci attendeva, quindi io ero molto remissiva nel dire «rimango», Mars molto cooperativo e teso.

Fosse stata la frontiera di qualsiasi altro paese non rimaneva, anche qui, che girare sui tacchi, ma come in Sicilia anche in Italia un rimedio si trova sempre. C'era mezzora di sosta. Mi misi a insistere al posto di frontiera: gli offrivo la patente l'orologio la valigia, con gentilezza mi dicevano che non sapevano che farsene. E io, non assurdamente, a insistere.

Parentesi: questa bontà e necessità dell'insistere, senza grinta e senza querimonia, è vecchia scuola, vecchia pratica arabo-mediorientale-sicula, perché si sa che il divieto da infrangere è arbitrario e gratuito, eretto dall'ultima ruota del carro e a sua completa discrezione. Questo non era ovviamente il caso di Domodossola, ma un esempio per tutti: Gabbi, che in una domenica di pioggia decide di andare a rivedere alcuni vasi greci, trova il museo archeologico accessibile al primo piano e sbarrato da un elegante cordone rosso il secondo. Perché? Lavori. Insiste, e il custode la lascia passare. Sopra non c'è ombra di lavori. Quando ridiscende una coppia sta a sua volta insistendo per salire al secondo piano e dopo congruo argomentare viene ammessa. A questo Gabbi, incuriosita, chiede al custode qual è il criterio, e quello, molto sincero e confidenziale: «Signora mia, alla massa il primo piano gli basta, che devono vedere sopra?». Il che gli consentiva di stare a chiacchierare con i colleghi, anziché stare isolato al secondo piano.

Bisognava quindi insistere sempre, fosse un diritto rivendicato fosse un abuso reclamato. E in caso di divieto non gratuito o discrezionale esiste sempre la possibilità di una scappatoia legale. Così avvenne a Domodossola, sul filo dei minuti.

«A meno che lei non ci faccia chiamare dalla questura di Palermo, che dia il suo nullaosta».

«Che vuol dire chiamare?».

«Ci faccia chiamare a telefono, per esempio».

Vabbè addio, rimango, pensavo. Mi sarebbe sembrato più facile mettermi in contatto con una baleniera già salpata da Anchorage che non con la questura della mia città, dove i telefoni, tanto per cominciare, non funzionano, e se funzionano, specie chiamando gli uffici, la linea o dà sempre occupato o sempre libero, comunque non rispondono, e se rispondono non trovi mai l'uomo giusto che è «fuori stanza» e se lo trovi non può fare niente, deve riferire, quindi mettersi alla ricerca di «a chi riferire».

Ma Mars è un ottimista incallito, recidivo, tenace e diceva «prova». Si verificarono quattro miracoli a ripetizione: la questura rispose subito – qui i piemontesi gentili e compassati dell'ufficio di frontiera per poco non applaudirono – l'uomo dei passaporti fu gentile e comprensivo, otto minuti dopo a Domodossola squillava il telefono – suspense e altro trattenuto applauso – due minuti dopo eravamo sul treno che in territorio italiano aveva accumulato un'ora e più di ritardo e che toccata rotaia svizzera si mise al passo, sì da entrare in stazione a Losanna – quarto miracolo – mentre gli orologi spaccavano il minuto.

Col nostro amico, sorridente e «guarito», visibilmente sollevato dalla nostra presenza, non si fece alcun cenno ai nostri tumulti della notte, perché aveva chiarissime le acrobazie compiute, ma da mezze frasi traspariva il suo rammarico d'averci allarmato.

«Ma c'era bisogno di spargere tanto sangue innocente?» gli dicevo. «Potevi dirci: venite a trovarmi, miei cari, e saremmo corsi ugualmente, senza dover ricorrere ai gran gala!».

Cosa fossero le emorragie non si seppe mai – forse il primo impatto col devastante betatrone, forse un grido psicosomatico dell'organismo – certo mai più si riprodussero.

Impercettibilmente qualcosa era mutato, non sembravamo più uguali: noi sani tendevamo intorno al morituro una rete di affetto e di sollecitudine, confabulavamo a telefono, organizzavamo alle sue spalle, decidemmo che a turno qualcuno sarebbe stato con lui a Losanna, mai più lasciarlo solo, e Renato Gino Aldo Nando Vittorio Ermanno, tutti si candidarono a gara, chi arrivava e chi partiva, con l'aria di «guarda caso, ero a due passi da qui, sono venuto a trovarti, mi fermo un po'», ma il nostro amico non si lasciava facilmente ingannare, riprese la battuta – pietà mai, lui apprezzava la ferocia – e con ognuno a quattrocchi, tra un buon ristorante e una gita a Ouchy, tra chiacchiere serie o spiritose c'era il momento in cui riprendeva e portava avanti il suo seminario sulla morte.

Gino, un vero coniglio dei sentimenti, tornò sconvolto. Renato tornò più pensoso e intenso. Vittorio tornò provato, più inquieto che mai, più scavato. Chi non andava telefonava.

Sapevamo che si svegliava tardi – petit lever du roi! – e nessuno gli telefonava mai prima delle undici. Ma la mattina del 29 settembre non esitai a chiamarlo poco dopo le 8.30: hanno ammazzato Cesare Terranova. Lo sapeva già. Gli aveva telefonato Angelo, credo, perché questi atroci fatti i palermitani se li sanno trasmettere freneticamente e tre minuti dopo lo sanno tutti, ma proprio tutti, non hai a chi dare la notizia. Era anche invalso l'uso di ricambiarsi la «cortesia»: se Mariapia mi aveva telefonato «hanno ammazzato Boris Giuliano» mi sentivo in dovere di ricambiare al momento in cui «hanno ammazzato Mattarella» e poiché ognuno faceva almeno tre telefonate la notizia del delitto si diffondeva prima ancora che radio e televisioni locali avessero il tempo di mandare in onda qualcosa di più delle tragiche sovrimpressioni che stavamo a compitare inebetiti.

A Losanna gli si spedivano vini pregiati, o Nando gli scriveva quattro facciate fitte fitte di racconti africani del suo viaggio, o Dome provvedeva a complicati giri di accredito di soldi, perché ce ne volevano davvero tanti.

L'hotel di Place de la Gare registrò attorno a Rocchi un continuo andirivieni, un continuo prenotare e occupare stanze – c'erano giorni che al bureau, per quanto di consumata esperienza, non capivano più niente su chi partiva chi restava e chi era in arrivo – e insomma ne vide di tutti i colori, per cui quando a metà ottobre, completato il ciclo del betatrone, i medici congedarono festosamente Rocchi dandogli appuntamento a dicembre, lui annunciava che per tenersi all'altezza, dopo tutto il casino che avevamo fatto, non gli restava che ritornare all'hotel guidando una troupe di elefanti giocolieri e nani.

Già in quel periodo, per una sorta di selezione naturale, Mars, il più incomunicante, triplo coniglio dei sentimenti, definito una volta e per tutte nientedimeno che da Conrad (captain Mac Whirr) come colui che *«di temperamento non loquace né taciturno, trovava ben poche occasioni di parlare. C'erano argomenti di servizio, naturalmente – istruzioni ordini e simili: ma poiché per la sua mentalità il passato era già concluso e il futuro di là da venire, gli avvenimenti quotidiani più comuni non trovavano in lui alcun commento – perché i fatti sanno già parlare da sé con precisione inoppugnabile»* e questo brano glielo avevo ricopiato dall'originale, intitolandolo «portrait of myself by J.C.», Mars dunque, tra tutti, era diventato per l'amico ammalato fratello e madre e moglie e marito assistente accompagnatore consigliere e confidente. Per lo stress gli si aprivano profondi tagli sul palmo della mano e sui polpastrelli: potenti nervi, avevano diagnosticato a suo tempo i medici, potenti davvero se mai un turbamento uno scatto un'imprecazione erano autorizzati, ma la pelle, stressata dal cervello, zitta zitta e per i fatti suoi, si rompeva.

Fu quindi Mars che riportò Rocchi in patria a metà ottobre e andai a prenderli a Punta Raisi. Se si eccettua la difficoltà, meglio, l'impossibilità, di camminare svelto o in salita, Rocchi stava incredibilmente bene.

Capitolo II

Nel grande e glorioso

L'amicizia con Rocchi non ha una data di nascita e per quanto io mi sforzi di ricordare non ci sono tracce nella memoria – né ce ne erano in quella sua – di un primo incontro o di un averlo notato.

All'indomani della seconda guerra mondiale, provenendo da famiglie diverse, urbane o paesane, tutte borghesi benestanti e timorate, da collegi e scuole private, educati dai gesuiti del Gonzaga o da professori fascisti dei licei o anche solo da bambinaie balorde, eravamo usciti dalle nostre adolescenze idiote o inquiete, dalla guerra vissuta con eccitamento – che in Sicilia si concludeva nel '43 anziché due anni dopo – convergevamo tutti, Marcello e Gino, Ugo e Ciccio, Nino e Aldo, Pietro e Pino, Napoleone e Mars, Eli e Rocchi e tanti, chi a Palermo, chi a Caltanissetta, chi a Messina e chi a Ragusa, ciascuno con un suo cammino individuale e di letture quasi identico, in un'unica direzione, al passo con la storia, buttando all'aria allegramente e senza risparmio ogni patrimonio inculcato, dilapidando dissacrando e scoprendo, confluendo nel PCI, reinventando tutto, a cominciare da noi stessi, rompendo con le generazioni, col breve passato alle spalle, con i mostri sacri, con Dio Patria e Famiglia, col perbenismo e con la classe, con l'ordine e a tavola puntuali, esultanti di stare schierati col nemico, con gli inferiori: pochi operai e tanti contadini all'assalto dei loro diritti, e noi con loro, convinti di cambiare tutto per cambiare tutto, di scuotere dalle fondamenta, fino ad abbatterle, strutture economiche e sociali, convinti di svellere radici, a cominciare dalle nostre.

A 18 anni c'è un gran bisogno di cose solenni: una la trovai sulle banconote americane, amlire, e il ricordo mi dà ancora oggi quasi una scossa elettrica, quattro monosillabi scintillanti delle quattro libertà: *of want* e *of fear*, dal bisogno e dalla paura, *of thought* e *of speech*, di pensiero e di parola, non cercavo di meglio e chi sa che non venga da lì il vero trasporto che sento, malgrado tutto, per il Grande Paese; la seconda la trovai in un'assemblea della sezione Gramsci di via Castro, la prima volta che ci andai, trovando lì affollata e attenta una vera corte dei miracoli, tutti gli umiliati e offesi in carne e ossa e in cenci, Michele Sala che arringava, e alla fine un canto stonato sguaiato di Bandiera rossa, ma solenne come un rito, per me, di iniziazione.

Nel 1946 molti di noi, pur senza avere diritto al voto – a quell'epoca occorrevano 21 anni – ci battemmo per la repubblica: io in una Palermo affamata e monarchica che aveva come suo nobile motto «cu mi duna a manciari mi veni patri», quindi, per salti logici, tutti figli del re, e Rocchi, in una Caltanissetta popolata da minatori e braccianti con forte senso di classe, aveva scelto la lotta politica abbandonando per sempre le notti brave del giovane di provincia imbattibile al tavolo da poker.

Per me e per Mars, – che il 2 maggio del 1947 sfilando lungo la via Libertà per il funerale di Portella della Ginestra, tra bandiere a selva, fiori, coppole in lacrime e giuramenti di vendicare i morti ci eravamo giurati (ma non potevamo aspettare due ore?) eterno amore e ora avanzavamo la mano nella mano e un mese dopo ci sposavamo – per noi due Rocchi uscì dal mucchio e si delinearono meglio i suoi contorni quando tra le tante conseguenze del 18 aprile '48 ci fu la chiusura dell'istruttoria per i fatti del novembre '47 a Caltanissetta, che con severità retroattiva rinviò a giudizio gran parte del comitato federale comunista – così intanto tagliamo le unghie al più forte movimento operaio e contadino dell'isola – tutti pesantemente imputati di correità in tentato omicidio, concorso in devastazione e saccheggi, tutti subito rinchiusi nel carcere di Malaspina, da Leonardo Speziale a Luigi Cortese, da Salvatore La Villa a Lorenzo La Rocca a Calogero Roxas, il nostro Rocchi, 21 anni, segretario della Confederterra provinciale.

Ricopio alcuni brani della memoria difensiva stesa allora da Nino Sorgi e che lui stesso ha tratto per me dal suo archivio:

...a Caltanissetta e provincia una classe padronale inopinatamente ostinata a conservare vecchie e ormai inconcepibili situazioni di privilegio e di sfruttamento verso il bracciantato agricolo e operaio negava l'applicazione di quelle leggi che ormai dovunque erano divenute pacifiche conquiste dei lavoratori.

Nella campagna i contadini si agitavano reclamando invano l'applicazione dei nuovi criteri sulla ripartizione dei prodotti agricoli, e i braccianti, riuniti in cooperative di lavoro, si battevano fino all'esaurimento delle loro modeste forze contro i cavilli padronali onde ottenere scarse aliquote di terre incolte... Le une e le altre richieste rientravano perfettamente nel quadro delle leggi in vigore (decreti Gullo e Segni in materia agraria) ma la cavillosa e incomprensiva resistenza dei proprietari, e gli interminabili ostacoli burocratici avevano praticamente impedito l'applicazione di quei provvedimenti di legge, esasperando oltre ogni limite i sentimenti di quelle masse...

A tutto questo si aggiungeva il risorgere palese di istituzioni e di atteggiamenti che non equivocamente preludiavano alla rinascita di quel partito fascista, origine prima delle presenti sciagure...

Così parlando, nelle aule dei tribunali, e così scrivendo nelle loro memorie difensive tanti giovani avvocati di belle speranze come Nino Sorgi o Gino Cipolla, come Gianni Pomar, Benedetto D'Alessandro, Clemente La Porta si autocondannarono per molti anni alla miseria: chi gliela doveva pagare la difesa? Il bracciante? Il partito? Quali clienti attiravano come le mosche se non diseredati e morti di fame?

La memoria difensiva continua: il 19 novembre 1947 all'indomani di una ennesima infruttuosa riunione in prefettura si forma un grosso corteo di operai e contadini che giunge in piazza Garibaldi.

...a questo punto si cercò da parte dei dirigenti di avviare il corteo per corso Vittorio Emanuele, la folla richiese che secondo la prassi tradizionale il corteo attraversasse la piazza Garibaldi, giungesse alla chiesa del Collegio e per via Re d'Italia tornasse alla federazione minatori in piazzetta Abbadia. All'altezza di piazzetta Calatafimi un plotone di carabinieri e agenti sfilò di corsa sul fianco sinistro del corteo per schierarvisi innanzi e fermarlo. Qui la folla si divise in due: una metà strinse contro il muro il plotone dei carabinieri e una metà proseguì verso la sede del MSI introducendovisi e danneggiandola... si ebbe qualche caso di disarmo degli agenti da parte della folla, ma per l'energico intervento dei dirigenti presenti le armi furono tutte restituite sul posto... il commissario Di Natale, mentre nessuno degli altri ufficiali e agenti ricorse a questi estremi, estrasse a un certo momento la pistola puntandola sulla folla, sicché i più vicini cercarono di disarmarlo. Ne nacque una colluttazione durante la quale il commissario rimase a terra sanguinante e privo di sensi...

Così la memoria difensiva. In molti avevano perduto la testa e il commissario stette a lungo tra la vita e la morte.

«Guarda che io non c'ero, ero...» ma Roxas non poteva mai completare la frase ai suoi avvocati. «Bravo, così devi dire». «Ma io non c'ero davvero! Ero andato a presidiare la federazione comunista, perché la manifestazione ci era completamente sfuggita di mano» insisteva il segretario della Confederterra. «Ottimo, tu questo devi sostenere». Forse, ma non è detto, solo Nino Sorgi gli credette.

La Confederterra era un'organizzazione che in quegli anni tendeva a collocarsi, e ci riusciva, come una nave ammiraglia alla testa del movimento, ma un'ammiraglia prepotente e bizzosa che non aspettava i più lenti, prendeva spinte e controspinte, perdeva la bussola, dava strattoni ora a destra ora a sinistra.

Fu sciolta nel 1955, mentre i braccianti e i contadini poveri (errore gravissimo metterli insieme, fu detto poi) si disperdevano tra Torino e l'Europa, comunque alleanze non ne garantivano e anzi ci isolavano sempre più in un partito di morti di fame dai piedi incretati che non era proprio quello che si voleva. Si volevano i ceti medi e si ebbero dopo 28 anni: nel 1976 via Libertà votò più PCI di molti centri agricoli. Rimase comunque il mito Confederterra: un epos che a rivedergli le bucce col senno di poi risultò nelle intenzioni e negli approdi tutto sbagliato. (Povero Pio La Torre, ti incazzeresti come al solito a sentirmi sputare sentenze!).

In quei lontani anni lo studente universitario di 21 anni, di famiglia borghese e benestante, erede spirituale di un nonno paterno ricco socialista stravagante e dilapidatore di patrimoni, facile ai duelli, gentiluomo bellissimo e sregolato, reggeva la Confederterra nissena, un timone imbizzarrito da agguantare, una tigre da cavalcare, una mischia in cui buttarsi: secondo suo padre aveva ereditato i cromosomi maledetti del nonno focoso, secondo i benpensanti era una «testa calda», secondo la polizia «un facinoroso», per i compagni comunisti Lillo Roxas era un quadro combattivo, con scorie intellettualistiche da eliminare.

Lillo Roxas rimase in carcere, «in collegio» dirà poi sempre, un anno e mezzo, fino all'assoluzione. Ben venga il tempo libero al carcerato, gli serve a riempire interi quaderni di appunti sugli hegeliani, Darwin, il '48 in Francia, Feuerbach, la sacra famiglia, stato e rivoluzione: organizzano in carcere l'ora politica, dividono accuratamente ogni pacco da casa, polemizzano con la federazione e il regionale comunista perché non si sentono sufficientemente protetti, i contadini detenuti ornano con spighe di grano e nastri rossi la foto di Stalin, santo guida e capo, simbolo di tutto ciò che si cerca su questa terra: un mondo migliore.

Di questo periodo oltre agli incartamenti processuali restano sommari articoli sui giornali, e fedele, prima dell'era in cui la teleselezione eviterà ogni memoria scritta, resta un fascio di lettere politiche e private, che stralcio prima di consegnarle al capo archivista dell'Istituto Gramsci. Portano tutte il timbro del carcere giudiziario di Caltanissetta, illuminano dall'interno – ahi che ombre! – il dramma politico e umano degli arresti, i crolli, le difficoltà di un partito che deve mettere su una efficiente difesa legale in nove province, i detenuti sono centinaia – giovani studiosi di storia, perché non vi mettete a contarli? nessuno sa bene quanti furono – e che non può dare priorità ai compagni carcerati perché intanto ci sono i minatori la pace i contadini le cooperative che vacillano, polizia e carabinieri che te li trovi di fronte ovunque, l'offensiva della destra, l'offensiva dello stato.

E se Emanuele Macaluso può permettersi di inviare da Roma una effigie di Pio XII più lugubre che mai, indirizzando a Lillo Roxas e scrivendo sul retro della cartolina «pace all'anima tua», al compagno Andrea Vella (chi sa chi è, chi sa come e perché Rocchi conservò tra le sue questa lettera) il segretario della federazione comunista Nando Russo deve scrivere una letterina a macchina tutta elementare e rassicurante, tutta in positivo:

...ti invio i più affettuosi saluti assieme a quelli di tutti i compagni di Caltanissetta. Tutti i giornali italiani hanno parlato di voi con grande simpatia, si capisce quelli di sinistra. Noi ci interessiamo moltissimo del vostro processo: abbiamo fatto venire un avvocato da Palermo che si interesserà esclusivamente del processo. Ho visto i tuoi familiari che stanno bene e hanno un morale alto. Abbiamo lanciato una sottoscrizione che ci permetterà di assistere tutti i compagni arrestati e le loro famiglie. State sicuri che il partito non si dimenticherà di voi che avete lottato con più coraggio degli altri...

È un mezzo foglietto dattiloscritto in data 30 agosto '48, in cui il destinatario «caro Andrea Vella» è battuto con nastro blu diverso, quindi una copia per ogni detenuto.

Altra lettera a ogni detenuto invia Guido Falestra, segretario della Camera del lavoro di Caltanissetta:

Caro compagno, in data odierna abbiamo provveduto ad accreditare al tuo libretto personale la somma di L. 1.000 (mille). È questo il primo atto concreto di solidarietà che la grande famiglia della CGIL ha voluto fare nei riguardi dei suoi combattenti migliori... In collaborazione col comitato di solidarietà pro vittime politiche stiamo provvedendo a organizzare la tua difesa legale e ad aiutare la tua famiglia...

Le lettere non dirette al collettivo detenuti ma dirette personalmente a Roxas, che intanto ha evidentemente protestato in difesa di compagni destinatari di un qualche sbrigativo rabbuffo, sono di tutt'altro tono. Nando Russo gli scrive:

...mi scrivi delle cose interessanti ma mi pare che ci sia un certo intellettualismo nel tuo modo di porre le questioni... La cosa semplice, l'hai visto tu, è questa: il carcere «minora» politicamente la gran parte dei compagni. Quale è il metodo migliore per aiutare questi compagni? Mi pare che tu suggerisca una politica «codista» che a me ripugna non fosse altro che per questo: che sarebbe poco rispettosa per compagni che hanno qualità e funzioni dirigenti. Tu stesso l'hai detto: il problema è di fare capire ai compagni carcerati che anche loro possono sbagliare. La forma con cui realizzare questo scopo mi pare conta poco... Tu invece ne fai una questione essenzialmente di forma. Nel risalire all'origine dei rapporti tra noi di fuori e voi di dentro tu pensi che sia stato il «tono delle lettere di C. a urtare noi, che, per reazione, avremmo usato lo stesso tono...». Ti assicuro che il tono non c'entra per nulla: C. ha detto delle cose, alcune delle quali ritenevamo politicamente sbagliate e glielo abbiamo detto... Capire che un compagno arrestato ha la figlia ammalata, la famiglia senza mezzi, che gli pesa la sofferenza ingiusta del carcere, che vuole un'assistenza legale più efficace, avere comprensione per tutte queste cose lo si prova non usando un tono piuttosto che un altro, ma lavorando politicamente per ovviarvi, e scrivendo tutto quello che si fa per ovviarvi e tutto quello che non si riesce a fare...

È in polemica con Nando Russo, un'intelligenza fascinosa cui resterà legato per molti anni a venire, è in polemica con Nicola Cipolla, segreteria regionale della Confederterra che dopo due cartelle fitte su tesseramenti convegni stato dell'organizzazione – lasciamo tutto all'Istituto Gramsci! – gli scrive irritato condannando

> ...le scarpe a carro armato, i calzoncini stretti in fondo, la giacchettina col culo scoperto che tu portavi e che molti di noi portavano, simbolo della idiozia e della stupidità della piccola borghesia paesana e provinciale della nostra isola. Noi non abbiamo soltanto portato questi segni esteriori all'interno delle nostre organizzazioni, ma anche tutta una formazione mentale e degli atteggiamenti che ora stiamo duramente pagando e non soltanto quelli che più duramente siete colpiti, ma tutti e soprattutto il nostro movimento. Così la critica era rivolta a te ma era rivolta anche a me e a tutti gli altri (faremo il '48!) e sta alla base del miglioramento del nostro lavoro.

Ma in altra lettera Cipolla può concludere scherzando

> ... se vuoi potremo prestarti il vocabolario, nella speranza che tra 35 o 40 anni, quando uscirai, tu ce lo restituisca...

È in polemica con *l'Unità*, redazione siciliana, il cui capo, Giuseppe Speciale, scrive «a tutti i compagni del carcere di Malaspina» tre cartelle noiose di giustificazioni: il paginone era venuto fuori proprio male, articoli affrettati, incompleto il numero dei detenuti – figurarsi il dolore e il rancore di chi si vede ignorato! –

fotografie non pervenute, materiale scarso, pezzi telefonati all'ultimo minuto.

Gastone Ingrascì, de *l'Unità*, strambissimo e tenero personaggio, affettuoso e ironico gli scrive:

...ho saputo che ti sei incazzato per via delle «esuberanze romantiche» che ti ho attribuito nel servizio sugli arresti di Caltanissetta. Una piccola osservazione: è vero che tu hai delle esuberanze romantiche ed è vero che frequentavi un ambiente che può dirsi mondano. È vero altresì che tutto ciò non ha nessuna importanza e non incide menomamente sulla tua personalità di comunista e di sindacalista. È vero inoltre che queste caratteristiche ti fanno più simpatico. È vero infine che quanti hanno letto il servizio mi hanno chiesto incuriositi favorevolmente dalla descrizione che avevo fatto, di te e della tua attività. Insomma voglio dirti che giova molto di più parlare delle persone come realmente sono, umanamente cioè, anziché sparare il solito ridicolo cliché del «militante duro, tutto d'un pezzo, che dorme tre ore e mezzo a notte, è fatto di granito, non guarda mai le donne, ha il viso pensoso e una profonda ruga disegnata perennemente sulla fronte e così via». Non sei d'accordo?... Ho creduto opportuno sottolineare i vostri lati umani, parlare di voi come siete, e siccome siete dei magnifici uomini, la commozione di chi leggeva l'ho voluta suggerire non trascurando di parlare anche delle vostre debolezze.

E un altro redattore de *l'Unità*, Aldo Costa, un amico che sarà con lui poi sempre, fino alla fine, gli scrive tutto sfottente e lieve:

...di Gastone non ho alcuna nuova: qualcuno mette in relazione questa assenza di notizie con un credito di 800 lire che io vanto nei suoi confronti. In fondo, poi, non vedo in cosa ti abbia danneggiato la sua intervista: ha detto che sei biondo, che studi legge (falso!), che frequentavi i salotti mondani e che hai delle intemperanze sentimentali (credo che siano le parole esatte) alludendo al fatto che tu volevi e speravi guarire presto presto per raggiungere la cella... La mia vita si snoda semplice in questa stupida Palermo, piena di gente che non fa un cazzo e che spende e spande i quattrini a palate... Manuele [Macaluso, n.d.a.] da tempo non mi invita a pranzo, forse perché gli debbo cinquemila lire. Inutilmente gli ho spiegato che il mio prestito è un prestito cristiano: date e vi sarà dato, ma pare che non se ne voglia convincere. Di Mauro ogni tanto avvicina in via Trabia e mi trova pronto in ogni occasione a colpirlo inesorabilmente con la richiesta di un prestito di cento lire o di un pranzo o di una sigaretta. Non tanto per bisogno, a volte, caro Lillo, ma per non perdere la buona abitudine. Il tuo nome e quello di Salvatore e degli altri ha raggiunto le Alpi e ha percorso come un colpo di vento le pagine dei giornali. Dice il proverbio: chi esce riesce, ma è sbagliato, perché questa volta chi è entrato è riuscito. Ti abbraccio, o biondo, e ti saluto caramente.

Insisto ancora un po' su quei lontanissimi anni '40 con una sorta di rapporto politico-personale che il segretario Russo scrive al detenuto Roxas:

Carissimo, ti metto al corrente sull'attività della nostra federazione e sulla situazione del partito nella nostra provincia dopo i vostri arresti: gli arresti hanno prodotto inizialmente un certo disorientamento e scoraggiamento nella base. Ritornava il vecchio ritornello dei compagni: a uno a uno ci arrestano tutti e noi non facciamo nulla. Abbiamo reagito contro questa deviazione con un intensificato lavoro politico di orientamento... spiegando il significato di questa offensiva della reazione, come essa dimostri in sostanza la debolezza dei nostri avversari che sono ormai incapaci di dominare con mezzi normali... Gli arresti vostri hanno provocato una certa attivizzazione di molti compagni nel passato inattivi: compagni operai e intellettuali sono venuti a mettersi a disposizione... Messana Vincenzo non solleva più nessuna obiezione con le vecchie storie della sua situazione familiare, Di Benedetto ha smesso l'opposizione e ha comunicato che Barrile vuole essere riammesso nel partito per lavorare, Paruzzo dei tipografi ha detto che anche lui vuole lavorare al partito la sera terminato il suo lavoro; Sasà Levantino ha detto che appena raccolte le mandorle in campagna, cioè tra 4-5 giorni, si mette a completa disposizione nostra per lavorare, così Fruscione... Dipende ora da noi impiegare razionalmente questi compagni, non smorzare il loro slancio iniziale... Gli arresti vostri hanno creato più ancora di quelli passati tutte le condizioni per una buona riuscita della campagna di solidarietà. Tutte le miniere di Caltanissetta hanno deliberato di versare al fondo di solidarietà un minimo di L. 400 mensili. A Serradifalco gli operai hanno deliberato L. 200 mensili... Edili netturbini e consorzio agrario hanno preso impegno per contributi minori... certo la partita è dura... A Mazzarino una sottoscrizione in natura ha realizzato 30 tumoli di grano. Abbiamo ritirato 5.000 cartoline Togliatti che si vendono discretamente... Abbiamo inviato La Marca e Farinella in Emilia presso alcune cooperative che li avevano invitati... è prevedibile che porteranno giù degli aiuti...

Certo, la partita era veramente dura. «La storia» diceva sempre Rocchi, anche tanti anni dopo, facendo il gesto di chi intinge una penna nella vena del polso «si scrive col sangue».

La politica, e tanto meno la voglia di scherzare, non esistono nelle lettere che riceve dalla famiglia. Da un canto il cinguettìo innamorato della madre, Paola Falzone, una donna dal temperamento gioioso viscerale e vitale, un *babillage* di «amore mio, piccolo, bambino mio, senza di te non vivo, gioia mia bella quando torni» e più di questo non dice, per intere pagine, con grafia disordinata dall'emozione, accusando come una vera e propria mutilazione l'assenza del suo ragazzo, unico figlio molto amato; dall'altro il cupo rimuginare del padre, cavaliere Cesare, segretario comunale, ex gerarca, gentiluomo decaduto, un uomo chiuso e gentile, triste e ansioso, rispettosissimo delle forme, delle buone maniere, dell'autocontrollo, accorato da quello stato d'animo proprio di chi oltrepassa male la cinquantina, si volta indietro deluso e se guarda avanti è deluso da suo figlio, per cui le lettere sono un perenne «io te lo avevo detto» «doveva per forza finire male» e «come e quando ti sistemerai» «hai tradito ogni mia speranza» e poi «ti mando la frutta, hai ricevuto il libro, ecco le sigarette» e continui cenni alla sua personale spenta esistenza vissuta come un peso e «metti la testa a posto».

In risposta, dal ventunenne Rocchi, poche lettere brevi, spiritose e iattanti: che alla morte del padre passarono alla madre, che alla morte della madre ritornarono a Rocchi, che alla sua morte passarono a me, che alla mia morte lascerò già in cenere, tanto per fermare il giro.

Dal carcere nel 1949 il figlio scrive ridendo e rintuzzando:

Caro Patre, Vicì [nomignolo con cui chiamò sempre sua madre, n.d.a.] mi scrive che è mutilata e che le manca una quantità di cose, braccia fegato gambe intestino tenue e non so cos'altro. E fa risalire tutto alla mia assenza. Naturalmente la cosa comincia a preoccuparmi. Non vorrei che oggi o domani te ne venissi a scrivermi che ti mancano i denti o hai i calli o che so io perché sono in galera! Ma scherziamo... vi lasciai in ottime condizioni fisiche e mentali (si capisce fatte le debite riserve per Vicì). La ditta non risponde delle mutilazioni sopravvenute e non si ritiene responsabile dei cambiamenti avvenuti dopo il 29 agosto 1948 [data dell'arresto, n.d.a.].

E in altra data molto serio, destreggiandosi tra l'eros materno e il thanatos paterno, Rocchi dal carcere fa un predicozzo a suo padre:

...nelle tue lettere mi scrivi sempre che sei nervoso e incacchiato e che sei d'accordo con me. Invece non siamo d'accordo per niente, perché è vero che in genere mi incacchio pure io, ma è pure vero che in genere sono allegro e propendo decisamente all'ottimismo anche se quasi mai mi faccio illusioni e vedo le cose con molta realtà, mentre tu sei sempre nervoso e solo a volte ti capita (e speriamo che ti capiti, tu però non ne parli) di non esserlo. Il fatto è, caro Patre, che non sono i fatti esterni o le cose che ci succedono a farci allegri o nervosi, ma siamo noi che diamo un colorito allegro o macabro alle cose che ci succedono. Queste hanno, sì, dell'influenza su di noi, ma mai determinante, a meno che lo permettiamo noi.

Vabbè. Sentenze che si sputano in gioventù! Invece molti anni dopo il nostro amico teneva più che mai fede all'ultima frase di questa lettera, concentrò ogni sforzo, e meno che a tutti permise al cancro di modificare il suo umore e il suo amore per la vita.

Mentre Rocchi era in collegio io e Mars ci insediammo ad Agrigento, la deprimente cittaduzza col più fulgido dei panorami, e ci rimanemmo quattro anni e mezzo con due bimbe piccolissime.

Mars era segretario della federazione comunista della vasta e turbolenta provincia, lui, grinta mite, temperamento raccolto, educato dai barnabiti de *La Querce*, uno storico promettente, secondo i relatori fiorentini della sua tesi di laurea, una vera vocazione a scrivere di storia, mentre gli toccava ora da un canto scarabocchiarla freneticamente correndo con un Guzzino scassato da una riunione a un'assemblea, dall'altro scriverla – penna intinta nella vena del polso – tra sindacalisti uccisi a lupara e contadini tradotti in catene come banditi: battaglie vinte e guerra perduta. Una provincia vastissima, con 43 comuni, pochi paesi robusti come Sciacca Ribera Canicattì, già insospettatamente pregni della ricchezza futura e tanti paeselli stenti come Cianciana o Ioppolo, paesoni di mare come Licata o Porto Empedocle e paesi di zolfo come Aragona o Favara, paesi col grano e le mandorle o con l'uva, con la vecchia mafia e le clientele democristiane a mollo in una sorta di ben riuscita coltura batterica, embrioni vitalissimi, paesi con pochissima acqua, strade polverose, tutti avviluppati nei loro problemi di terra mezzadria enfiteusi dighe miniere e faide di campanile.

Scrutavamo l'orizzonte, quando lo scrutavamo, quando riuscivamo a sollevare la testa, senza vedere nulla. Né l'uva Italia di Canicattì, né le serre di Licata, né le cantine sociali di Menfi, né Lampedusa traboccante di turisti, niente luccicava in lontananza, né si distinguevano brandelli di futuro nel polverone infocato della politica di quegli anni.

Era per noi due un vorticoso girare per la provincia, arrancando da un paese all'altro su corriere come diligenze del Far West, zompando imperterriti da un problema all'altro, tutti coinvolti in marce comizi delegazioni dibattiti e assemblee: ogni gradino della scala è logico, ma la scala dove porta? Intanto saliamo, poi si vede.

Ripenso quegli anni, mi rivedo, e insieme a me tanti altri compagni, brillanti di inesperienza, alle prese con i destini del mondo, che poi magari era il mondo complesso, per nulla semplice, di Lucca Sicula o di Ravanusa, e il sentimento che prevale è una leggera pena. Mi piacerebbe dire che furono anni di indicibili sofferenze personali, il che sarebbe da un canto una grossa menzogna e dall'altro una pura verità. Per tutti comunque gli anni del grande impegno furono durissimi fisicamente e spiritualmente, teoricamente e politicamente.

Ne uscimmo alla spicciolata, sbattuti e frastornati, e chi si perse si salvò.

Uscito dal carcere e assurto a incarichi di Confederterra regionale, il giovane Rocchi veniva spesso a trovarci ad Agrigento. Non avevamo registrato né la scintilla di interesse reciproco né l'accendersi di un sospetto di affinità che servissero ad avviare quel complesso e libero meccanismo di un'amicizia alta e duratura: certo, somiglia a quel che comunemente chiamiamo amore, ma tanto se ne discosta se al governo capriccioso del cuore sostituisce quello esigente del cervello, e sì, eravamo già amici, e gli incontri servivano a conoscersi sempre meglio attraverso il racconto dettagliato di come a ciascuno andassero le cose, e attraverso i cumuli che affastellavamo di domande senza risposta o con risposte timidissime.

Con molti tra i compagni che venivano ad Agrigento il rapporto restava impersonale e assolutamente burocratico. Esaurito il conto dei bollini e delle tessere, concordate scadenze di riunioni e convegni, calcolate le percentuali degli iscritti e la sottoscrizione per *l'Unità*, rimasticata l'ultima risoluzione il discorso cadeva, senza interesse reciproco, un vuoto umano e politico inesorabile.

La ricchezza spirituale che ci abitava, per poco non la buttammo via come paccottiglia. Se non lo abbiamo fatto fu anche perché tanti compagni, e tra questi Rocchi, erano aperti ad ogni problematica, scintillanti di interrogativi e venivano a trovarci e a confrontarsi.

Nel frenetico tran tran serpeggiavano questioni di fondo irrisolte, accantonate come rifiuti, poi riserpeggiavano, si andava a frugare tra le scorie, il luccichìo della domanda giusta non sempre veniva riconosciuto, perché nella morsa della guerra fredda e dell'atomica, e con l'URSS baluardo del socialismo e della pace – ahinoi, ci credevamo, eccome! – le risposte erano tutte facili, il bene e il male erano divisi come il giorno e la notte, netti e perfetti senza albe né crepuscoli. Tempi d'oro per chi bramava certezze, e molti anni sarebbero trascorsi prima di stabilire che certezze e verità rivelate non ce ne sono.

Tante domande terra terra allora cominciavano già a tormentarci, si facevano largo tra l'enfasi e il trionfalismo, ma manco trenta anni dopo ad alcune si sa come rispondere. Quelle contro cui sbattevamo il naso: è vero che la linea del «grande e glorioso» (il PCI) è diversa a Roma e a Palermo? È vero che del separatismo non abbiamo capito niente? La battaglia va fatta veramente e soprattutto contro i prefetti? L'autonomia è proprio quello che ci voleva? È vero che per il nord operaio siamo una palla al piede? È vero che stiamo buttando i contadini in un cul di sacco? Fin dove devono giungere le nostre alleanze, fino al gabelloto, fino al piccolo proprietario? Il ceto medio è un nemico o è un alleato potenziale? È vero che in quel paese non si va avanti perché il segretario della sezione comunista è un mafioso? Chi è il nemico principale: la mafia gli agrari o lo stato? O tutti e tre insieme? È vero che dobbiamo dare priorità assoluta all'industrializzazione, sennò qui non cambia niente? È vero che dobbiamo dare priorità assoluta all'agricoltura, sennò siamo perduti? È vero o no che quel compagno dirigente è un emerito coglione?

Tendevamo ad assopire la maggior parte dei quesiti con risposte belle e pronte e per un malinteso senso della «disciplina» diventavamo stalinisti nel senso più ampio e non meno pericoloso del termine, ricacciando indietro intuizioni e sospetti, chiudendo spiragli, giudicando futile e perversa la tentazione di ridiscutere tutto, di sbeffeggiare l'enfasi e la liturgia, di defilarsi dalle scuole di partito.

Roxas digrignò i denti e scalciò e si scalmanò riuscendo a evitarle, Mars grinta mite non si lasciò sfuggire l'occasione di studiare cose che lo interessavano – come ad esempio Gramsci, praticamente bandito dalle scuole – e partì col caro Eli. Quanto a me, sulle prime mi trincerai dietro le figlie piccole, poi più le figlie crescevano e più crescevano le mie riluttanze, quindi non andai.

Avvertivo, personalmente, guai supplementari, teorici e pratici. Un disagio mi si presentava a tratti, come un oscuro divertente dilemma: malgrado le mestruazioni i parti e gli allattamenti ero un uomo in cui sonnecchiava, o meglio dormiva della grossa, una donna traboccante, o ero una donna striminzita e divisa dentro cui stava sveglio un ometto prepotente e volitivo? Il goffo interrogativo, sollecitato più da una condizione mia e di tutte le altre che da uno stato d'animo, mi perseguitò a lungo, travestendosi in modi diversi, sbucandomi da tutte le parti, inceppandosi nel lavoro di partito, nel giornale, nella vita privata, nello scrivere, era una richiesta globale e difficilissima di identità.

Quando arrivò addosso l'onda femminista, e le giovani presero a consumarsi in tormentose sedute di autocoscienza, per me era risacca senza urto, diventavano esplicite verità affinate in silenzio: già visto, già sentito, già sofferto, mai detto.

Degli anni trascorsi ad Agrigento conservo un garbuglio di ricordi sparsi: per quanto frughi non riesco a riesumare un qualcosa di cui menare vanto. Un modo certo viscerale di fare politica, se i meccanismi della rimozione sono scattati così severi e se su tutto il periodo, scandito da lotte non vane, si stende come una nebbiolina da cui emergono, sì, volti, piazze, strade e fatterelli, ma quanto al senso generale permane uno stato confusionale che confina con il turbamento, come se qualcosa di sconveniente si fosse compiuto.

Non per quel che avevo fatto, ma per il modo inadeguato, acritico, rozzo, passando bendata attraverso gli avvenimenti. Non per le cose dette, scritte, le centinaia di comizi sulle piazze dei paesi, i volantini stilati in fretta e furia (tutta roba da arrossire, ma nel vivo delle lotte il meglio è nemico del bene) piuttosto per il modo arrogante e sbrigativo con cui affrontavamo realtà complesse, per il modo come piombavamo (un po' tutti, non è una personale autoflagellazione: molti compagni di allora, sol che accettassero di diradare il polverone dell'epopea vivrebbero i miei stessi turbamenti) come piombavamo sui paesi, un modo spacca tutto, calpestando e inserendoci da rinoceronti nel gioco cauto sotterraneo calibrato degli equilibri, tremendi se immobili e tremendi se in movimento, delle gerarchie segrete, delle faide secolari, dei tabù sociali, dei clan e dell'ethnos proprio di ogni paese, specie se contadino, specie se dell'interno.

Che non fosse questa, in definitiva, la forza dirompente del nostro intervento di comunisti?

Solo ora mi pare di sapere che cosa è un paese, e intuisco meglio cosa era allora, quando proponendo rottura o coagulo di alleanze e interessi rifiutavamo i piedi di piombo i sondaggi il bilancino d'alchimista e la circospezione, tutti quegli strumenti indispensabili che oggi però non ci mettono in grado di spezzare uno solo dei tentacoli che rendono cianotica la vita pubblica.

Solo ora mi pare di sapere che cosa è un contadino, e intuisco meglio cosa era allora, che grumo di paura e di aggressività repressa, di prudenza e di diffidenza, in balìa del padrone della natura e della storia, e che vogliono adesso questi venuti dalla città? Risento quel vuoto di rumore che era fiato sospeso di settanta-ottanta contadini riuniti in sezione, assemblee dal tanfo inconfondibile, risento il silenzio carico di panico che subentrava alla fine di una relazione in cui si proponeva e disponeva, baldanzosi e autoritari, come e dove e a che percentuale spartire o ammassare il grano, lacrime e sangue, e risento obiezioni dalle perifrasi indecifrabili, un avanzare del discorso per apodittiche proposizioni o proverbi sentenziosi che celavano resistenze tenaci e interrogativi enormi, legati alla vita e alla morte: come camperò? come affronterò il campiere?

Solo ora mi pare di sapere che cosa è una donna, specie se contadina, e so con quanta reciproca diffidenza guatiamo la nostra differenza e come il nostro sia un dialogo, se tentato, che non abbassa la guardia. Come fu che non capimmo mai – e con Giuseppina, Anna, Simona ce lo siamo chiesto poi tante volte – per quale maledetta sfortuna la migliore compagna comunista del paese, la più attiva e battagliera – ecco un quadro medio da allevare! gongolavamo – dopo un poco la perdevamo (ma dov'è Pina? ma che ce n'è di Nina?) e solo attraverso un'indagine che otteneva in risposta silenzi, mezze frasi, cenni, reticenze, finalmente arrivavamo a comprendere che non l'avremmo più rivista, che era diventata una puttana, perché separata dal marito, quindi fuggita dal paese, quindi messa al bando dalla sezione comunista. Dovevano passare gli anni a decine prima di capire che una parola nuova detta a una donna viva veniva intesa soprattutto come spinta irrefrenabile alla liberazione personale, sessuale, dal dispotismo di mariti padri e fratelli, e che giovani donne contadine compivano spesso una rovinosa rivoluzione individuale che le portava dritto filato a battere il marciapiede nel capoluogo più vicino.

Come era possibile piombare, noi attiviste, tra quaranta donne riunite in una stanza senza mai badare alla corda umana, scontata come irraggiungibile, senza mai un solo accenno umano o privato che non fosse la loro preliminare eterna domanda «Compagna, sei sposata o signorina?», unico elemento che consentisse loro una collocazione anagrafico-sessuale di noi attiviste cittadine? Come era possibile, senza mai guardare, nemmeno per slancio ipocrita, uno dei loro cento bambini presenti, andare subito al sodo: vogliamo l'acqua, no, per ora bisogna rifiutare il Patto Atlantico, vogliamo magari solo una fontanella a punta di paese, no, per ora «giù le mani dalla Corea», senza nemmeno dispendio di nozioni geografiche, vogliamo la pensione, gli elenchi anagrafici, l'ospedale, intanto firmate contro l'atomica, che l'abbiamo tutti sulla testa, seicentomila firme dalla Sicilia, volevano la terra, il lavoro, e noi le consideravamo come noi stesse eravamo, supporto e seguito, corollario e complemento, oggetto e non soggetto della politica vera.

E malgrado tutto, il movimento delle donne nella provincia di Agrigento fu e rimase uno dei più combattivi, con lotte politiche e di massa non solo per la fontanella e l'ospedale, ma anche per tutti i temi internazionali imposti con tanto imperio e calore. E malgrado tutte le balordaggini scoperte col senno di poi, un certo compito lo assolvemmo, noi, io stessa, i cento compagni giovani e dirigenti delle province siciliane, il cui ricordo mi suscita un certo sbalordimento (troppo idealisti!) un certo riso (troppo ignoranti!) una certa ammirazione (troppo spericolati!). Aggredivamo la realtà, che a sua volta ci aggrediva, la cambiavamo ed essa a sua volta ci cambiava. Ci muovevamo con disinvolta incoscienza tra interessi incalcolabili, minatori violenti, contadini diffidenti, braccianti irruenti, donne titaniche: tutti volevano pane e lavoro, tutti ebbero pane prosciutto auto e seconde case, ma non certo e non solo per merito nostro, bensì a costo individuale e sociale altissimo, oserei dire a prezzo della Sicilia, del suo caracollante disordinato sviluppo nel sottosviluppo.

E in sostanza, Mars, che facevamo ad Agrigento? glielo chiedo ora, dopo trentadue anni, con vera curiosità, avida di sentire una risposta che invece si sfaccetta nelle cento realtà di quel momento: la terra, le miniere, la pace ecc... Sì, e poi? Liste elettorali, conquista di comuni, continue elezioni, manifesti, manifestazioni proibite dalla polizia. Sì, e poi? Tessere, bollini, conflitti con questori e prefetti, raccolte di firme, far rispettare la costituzione, fare applicare le leggi dello stato, assistere e difendere i tanti arrestati e protestati. Sì, e poi, e poi? Mars mette ogni cosa al suo posto, e ogni cosa ha il suo tempo, il suo peso, tutto conta, e riordina il passato come fosse un cassetto o un armadio, e tutto il passato in ordine forma l'oggi disordinato, col senso della strada compiuta.

No, no, mi ci arrabbio, perché voglio risposte globali. E insomma è anche vero che quelli furono gli anni in cui mai una volta riconoscemmo quel che ci stava davanti e attorno.

Non riconoscemmo che saltavano in aria equilibri secolari. Saltavano davvero? O non si ricomponevano altrimenti al di sopra delle nostre teste e dietro le nostre spalle? Non riconoscemmo il rimescolamento generale di proprietà fondiaria e classi sociali e redistribuzione dei redditi.

Non riconoscemmo il 18 aprile, le lettere dall'America che trovavamo in ogni casa di operai e contadini, la truculenza dei preti, le folle abbarbicate alle bare delle Madonne, l'impossibilità di penetrare in alcuni paesi, alcuni quartieri, alcune case, non furono elementi da ricollegare e mettere insieme, anzi non ci dissero nulla, a tal punto che restammo secchi, da Togliatti in giù, ai risultati elettorali.

Non riconoscemmo la riforma agraria e tutto quel che doveva seguirne: attorno ad essa è andato coagulando un solido giudizio storico positivo, ma a lume di naso i contadini la giudicarono tale da farsi le valigie e scomparire.

Non riconoscemmo la farsa dell'industrializzazione, né l'emigrazione, né le insidie della legge elettorale regionale, colpo d'acceleratore al deterioramento della rappresentanza, né il vicolo cieco in cui andò a cacciarsi l'industria mineraria.

Non riconoscemmo l'URSS e gli orrori del socialismo, ridemmo delle mostre dell'aldilà e ora non ridiamo più se ce le mostrano al cinema Wajda o Zanussi.

Mi chiedo: che cosa era in gioco? E noi, cos'è che stavamo facendo? La mia risposta annaspa.

Tra uno sferragliare d'auto e di traffico, in viale Campania, senza microfono, tutti stretti attorno a lui per sentirlo, la risposta storica e ufficiale, quasi trenta anni dopo, la dà Paolo Bufalini, a nome della direzione del «grande e glorioso», accanto alla bara del compagno Lillo Roxas, il nostro Rocchi, ricordando che:

> ... la costruzione in Sicilia, nel mezzogiorno, di un siffatto movimento organizzato dei lavoratori, ha costituito (è cosa questa di cui spesso ci si dimentica e ciò è sbagliato e non è giusto e il dimenticarlo sarebbe fare torto all'opera stessa e alla memoria di Lillo Roxas) ha costituito, dicevo, il maggiore e reale risultato rivoluzionario in Sicilia e nel mezzogiorno d'Italia, e ha costituito uno dei pilastri portanti della democrazia italiana. Senza del quale probabilmente l'Italia non avrebbe neppure conservato la sua unità nazionale-statale nei momenti di più acuta e profonda crisi della vita nazionale: dal separatismo alla crisi istituzionale del '46, all'attentato a Togliatti, nel '48, alla legge truffa nel '53, a tutte le successive diverse forme di attacco al regime democratico repubblicano. Senza un mezzogiorno politicamente trasformato, le libertà e le istituzioni democratiche... e la stessa unità nazionale non sarebbero state difese contro tutti gli assalti tutte le minacce tutte le insidie e non sarebbero oggi aperte dinanzi a noi – caro compagno Lillo Roxas tu questo lo sapevi bene e lo affermavi e testimoniavi con la tua adesione alla strategia del partito comunista italiano – le possibilità e le vie di una ripresa del cammino verso la trasformazione democratica e socialista dell'Italia...

In altre parole: evitavamo il peggio. E l'avere arginato questo peggio in agguato e l'avere compiuto un lungo cammino era così magro orgoglio per noi compagni siciliani, desiderosi di un meglio non bene definito.

Nel discorso durato trenta anni Rocchi, provocatorio, mi invitava a dare per scontato che avessimo riconosciuto in tempo ogni fenomeno, ma esigeva poi di sapere da me come sarebbero andate le cose, e tanto lui mi accusava di populismo e moralismo tanto io lo accusavo di rigido determinismo, e lui insisteva che il marxismo non è dottrina, «è una chiave, anzi un piede di porco che apre tutte le porte della comprensione della realtà» e certo

> ...aveva una visione politica intelligente, aperta, colta, unitaria – disse Paolo Bufalini accanto alla bara – ...che non si chiude in una visione piccolo borghese, astiosa, meschinamente moralista, in definitiva paurosa della realtà della Sicilia e priva di fiducia nelle energie del popolo siciliano...

Accidenti, questa è esattamente la mia visione politica, questa che Bufalini definisce così severamente: sento di fare parte appieno del generale processo di immeschinimento, ho realmente paura della realtà della Sicilia e assolutamente nessuna fiducia nelle energie del popolo siciliano.

Alla responsabile risposta politica di Bufalini intorno alla bara si contrapponevano lacrime per Rocchi, ma anche domande politiche sommesse di tanti di noi, perché sì, avevamo fatto muro contro il peggio, e ora? Ora l'isola, catturata, marciava trionfale e assurda, sviluppata e sottosviluppata, grumo di mafia e di intrallazzi, e noi?

Alle parole di Bufalini noi contrapponevamo, nell'animo nostro, stupidi e imprecisati rimpianti, e quel senso di sconfitta che tutti ci pervadeva da un bel po' di anni in qua. L'emozione del momento c'aveva la sua parte, certo, ma guardavo in giro e tra le facce di Nica e di Giuditta, di Stefania e di Marta, inondate di lacrime, guardavo le facce invecchiate dei compagni e mi pareva di partecipare al funerale politico della nostra generazione.

Il periodo agrigentino di Mars, quindi anche il mio, si chiuse per molteplici ragioni: perché non si ravvisò nella sua grinta mite quella dell'uomo giusto al posto giusto, perché si era detto da prima che doveva trattarsi di periodo transitorio, perché la proposta di fare il deputato Mars non volle nemmeno prenderla in considerazione (che Guicciardini – vedi in seguito – fosse già al lavoro?), perché eravamo provati dai disagi, perché qualcosa dentro di me suonava richiamo della foresta, che era richiamo di Palermo e in ogni caso di via Maqueda.

Capitolo III
Via Maqueda

Palermo degli anni '50 era un mostro con dentro, in gestazione, il mostro peggiore che sarebbe in seguito diventata. Se era stato difficile avere a che fare con i contadini, adesso era difficilissimo avere a che fare con un sottoproletariato ringhioso e subdolo, politicamente depravato, del mondo migliore se ne fotteva, tanto la memoria genetica gli diceva che non esiste, approfittava cinicamente dei nostri tentativi che sembravano di redenzione, proteso a arraffare l'arraffabile, sempre sfruttato a sfruttare ora l'occasione, tumultuando per una casa, una stanza in locanda, un sussidio Eca, un pasto caldo, un posto in colonia per il bambino, giù giù fino all'indispensabile chilo di pasta.

Andai a finire all'Associazione delle Donne Palermitane, a ripensarci eravamo un gruppo di giovani donne – le due Marie, Anna, Franca, le due Giuseppine – alla testa di una massa scarmigliata abituata a mendicare diritti anziché a lottare per conquistarli, impegnate entrambe le parti in un braccio di ferro senza tregua né soluzione: chi deve strumentalizzare chi, se noi loro o loro noi, con alternarsi di successi.

Alle nostre spalle, e la sera al rientro, avevamo case disadorne ma colte, e figlietti ben curati.

Io e Mars eravamo contenti d'essere ritornati a Palermo, e so benissimo che per me questo non aveva nulla a che fare né con la politica, né con la città, né con i suoi problemi, né con la sua luce di madreperla – che ora financo questa mi ha stufato – né con una nostra migliore sistemazione, né con un lavoro di maggiore respiro.

Per me Palermo era il tutto per la parte, via Maqueda, e a sua volta via Maqueda, doppia sineddoche, era il tutto per la parte, che era la mia casa: continuiamo a dire «telefona a via Maqueda», «porta questo a via Maqueda».

Anche il nostro amico Rocchi si trasferiva. Per quasi quattro anni era stato segretario della federazione comunista di Trapani, battendo in lungo e in largo la composita bellissima provincia che ha marmi e tonnare, saline e archeologia, pesca famosa e viti e vino come nessun'altra. Autonomista e di larghe vedute com'era aveva lanciato e guidato in porto audaci operazioni di alleanze, si era mosso con spregiudicatezza svecchiando e restaurando, fu la sua migliore stagione politica, aveva allacciato legami personali duraturi con sindaci e braccianti, con avvocati e medici – tra tutti ne abbiamo «ereditato» tre, Zino, Ludovico e Pasquale, amici seri e profondi –, aveva rovesciato rapporti di forze, costruito un partito più moderno – tra tanti errori, certo, tanti – e ora veniva chiamato nella difficile Palermo, dove andava a vivere con Eli e Maria, due carissimi con i quali, oggi, non possiamo nemmeno fare il suo nome talmente i loro occhi si riempiono di lacrime.

Palermo non gli portò gran fortuna. Andò a dirigere la *Giovane Sicilia*, una nebulosa formazione fiancheggiatrice – Rocchi anche in seguito la difendeva sempre con gran calore – che da un canto cercava di recuperare tra i giovani le ceneri del separatismo purgato dal banditismo agrario, dall'altro tentava di convogliare forze nuove in un calderone generico, politicamente confuso. Sul fondo rosso e giallo delle bandiere sicule campeggiava, implicito, il concetto che noi siciliani siamo bravi belli e santi e tutto; secondo me finiva per dare fiato a quella perfida enfasi di sicilianismo o sicilitudine che andava strozzata, che tanti guasti ha prodotto e produce perché copertura e alibi del nostro modo di essere, di farci vittime della storia e mai autori, sia pure incapaci, della storia stessa.

La *Giovane Sicilia* si dissolse senza lasciare vuoti né rimpianti, credo senza che nessuno se ne accorgesse.

Allo stesso modo si dissolvevano nei quartieri popolari le nostre lotte di donne, messe su senza risparmio di forze umane e di corde vocali: il massimo dei successi si otteneva quando alla scadenza elettorale quel tanto parlare arringare faticare si trasformava in un mucchietto di voti. Non è poco, lo so, non è poco, e figurarsi se mi metto ora a sminuire il valore della battaglia contro la legge truffa del 1953, quando ci aggiravamo per i vicoli del centro storico con un campanaccio, salivamo su una sedia fornita dal catoio e ci sgolavamo, allarmando i già truffati dalla vita: «la truffaaa! qua ci truffano, attente donne, attente, non fatevi rubare il voto, e tu giovanotto che stai al balcone, scendiiii, vieni con noi...» eccetera eccetera. Non voglio sminuire niente, ma certamente Pio La Torre col quale qualche polemica l'ho avuta, se la mafia non l'avesse ucciso in via Turba, si muoverebbe più che mai a scatti, i suoi occhi di carbone e i suoi denti scintillerebbero più che mai di contenuto furore, ma un riesame critico e sincero di cui devo rendere conto solo a me stessa è consentito sì o no?

Una ventata di novità e di antisettarismo, di apertura e di antischematismo percorse l'organizzazione del PCI e il suo rapporto con l'esterno quando Roxas – devo galoppare come hanno galoppato gli anni – andò a dirigere il comitato cittadino del PCI, segretario della federazione il Nando Russo di Caltanissetta, col quale ormai costituiva un binomio inseparabile.

Alle battaglie politiche in nome e per conto della città altre ne corrispondevano, in parallelo, all'interno del partito, non meno dure e feroci, questioni di linea, di alleanza di potere, e crisi e contrasti, prima striscianti poi sempre più corrosivi e insanabili, esplosero nel 1960 e portarono Russo e Roxas fuori dall'apparato ma non fuori dal partito, a inventarsi e riciclarsi librai e editori, con sacrificio e con successo, sommando notevoli intelligenze e difetti.

Per il nostro amico, negato agli affari, ai commerci, ai conti e alle fatture, fu una conversione dura, un lento guadagnare terreno e soldi, e ancora alcuni anni dopo veniva la sera a trovarci e tra chiacchiere e tra frizzi un'ombra velava a volte la sua inesauribile voglia di parlare e scherzare: se gli chiedevo cos'era rispondeva soltanto che *homo sine pecunia imago mortis*, frase che sinteticamente esauriva l'argomento – figurarsi se era il tipo che affligge con i suoi guai – e che a poco a poco scomparve, quando lui raggiunse un suo status che lavorando poco, questo era diventato importante, gli consentiva un tenore di vita alto ma non altissimo, casa, barca di qualità, viaggi, il cameriere a ore e tabacchi pregiati ordinati da Dunhill a Londra.

Poco prima, nel 1957, io mi inventavo e riciclavo giornalista. Cadevo nelle grinfie di un nevrotico abbarbicato al suo tavolo anche per sedici ore di fila, concentrato, incazzoso, scattante, balbettante per timidezza o per furore, dispensava rabbuffi gelidi o appallottolava e tirava in faccia le due cartelle, mi intimidiva da morire, sempre con un bicchiere di latte sul tavolo, fumando milioni di sigarette, finto distratto, finto arruffone, in realtà attentissimo vigile appassionato, Vittorio Nisticò, che dirigeva *L'Ora* destreggiandosi tra gli scogli e le secche del merdaio palermitano, che aggrediva la città, frugava nelle sue pieghe, denunciava o blandiva, dando voce al lettore inerme e indifeso contro i potenti, coagulando attorno a sé tensioni e buona volontà, rivelando all'Italia un nome sconosciuto: Luciano Liggio – il che gli fruttò la bomba contro la tipografia – o a un tratto lanciando quella che chiamava «operazione sorriso» per non segare i nervi ai lettori a furia di morti e feriti. Di lui si continua a dire che è stato tra i migliori politici – non tra quindici nomi, tra due o tre – che la sinistra abbia mai avuto in Sicilia, e Rocchi lo ripeteva sempre e su questo eravamo d'accordo.

La sua tensione le sue furie il suo carisma buttavano in prima linea un giornale povero e combattivo che allevava giornalisti come polli in batteria, dandogli stile e nerbo, massacrandoli di lavoro e esigendo tutto senza nulla concedere. Altri tempi.

Ma le vicende palermitane non hanno mai un grafico in ascesa che si consolida e riparte verso l'alto, forse solo gli *Amici della Musica*, grazie a Francesco Agnello, possono vantare un grafico consolidato e in ascesa in tutto degno di una città «normale», per il resto c'è sempre una parabola che a un certo punto cade in picchiata, il grafico si fa piatto e comatoso, i patrimoni si dilapidano, e quando Vittorio – dopo quasi 20 anni! – roso dall'ulcera e dalla stanchezza lasciò il suo posto, tante cose avvennero, dando luogo a quel travaso di uomini che ha dato fior di giornalisti a tutti i quotidiani e settimanali italiani – la peste sicula dilaga, dov'è che non trovi un siciliano? – che ha dato uno staff eccellente al *Giornale di Sicilia*, sicché la bella Gaia, in una delle sue capatine da Londra per fornire mafioserie al *Guardian* o all'*Evening* ha un momento di autentico smarrimento: dove sono? Sono al *L'Ora* o sono al *Sicilia*? perché lì incontra tutti, da Mario a Franco, da Daniele a Giuseppe, a Giovanni, e Francesco e Salvo, possibile che siano tutti qui, che è accaduto? È accaduto.

Per Vittorio e Rocchi vedersi e amarsi non fu tutt'uno, anzi si guatarono con diffidenza reciproca per un po' di tempo, fin quando giunsero all'incontro e allo scontro, e poi al fianco a fianco, protagonisti e assertori del burrascoso milazzismo, e nacque tra loro qualcosa di serio e robusto che durò fino alla fine.

Ora si recidevano legami formali col «grande e glorioso» come continuavamo a chiamare il PCI: all'indomani del milazzismo, gennaio '60, non me l'ero sentita di rifare, come ogni anno, la tessera – non indignata, non polemica, solo confusa –; ora si inaugurava la stagione della lunga fedeltà, fuori e pro anziché dentro e contro.

Rocchi veniva quasi ogni sera a via Maqueda, spesso con Aldo, ridevamo dei pasti improbabili da me approntati, discutere, vino, e fumare come ciminiere, e ancora discutere.

Conobbe, nella bella casa di piazza Vittoria che si affaccia sul più folto palmeto d'Europa, la famiglia di Mars, l'anziano generale monarchico e antifascista, gentiluomo di stampo ormai perduto, e la madre mite, affabile ma segretamente diffidente, e la scrivania del generale a Rocchi diede un brivido: come poteva essere in tutto e per tutto identica a quella di suo padre? Come potevano ritrovarsi lì gli stessi pezzi di ceralacca destinati a uso ignoto, gli stessi proiettili della prima guerra mondiale usati come fermacarte, gli stessi spaghi in attesa di destinazione, i pennini di quarant'anni prima, boccette d'inchiostro quando la biro lo aveva reso da molti anni inutile, registri o agende dalla forma inconsueta, etichette da applicare a liquidi diversi, dall'ammoniaca al rosolio, un qualche seme da seccare e piantare, strumenti in miniatura come cacciaviti forbicine pinzette, una stilografica d'oro, dei pesi e tanti cassetti piccoli e grandi con tabacchi francobolli ricette, insomma un mondo nel quale avventurarsi, e seguendo fedeli e rapidi la pista evidente ti portava dritto a sbattere il naso contro una civiltà rurale padronale in cui Rocchi ravvisava affascinato e intenerito la sua infanzia, Caltanissetta, la sua casa, la sua famiglia. E tanto gli piaceva intensamente scoprire questa affinità, altrettanto gli piaceva il diverso, l'urbano che eravamo noi di via Maqueda.

Il confluire di quello che sbrigativamente chiamo «città e campagna» fu, per la quarta generazione, ricchezza di affluenti sostanziosi: questa robusta vena insegnava gusto del cibo e del bere, cicli della natura, prodotti della stagione legati alla terra, cicoria a novembre e fave fresche a maggio, arance amare in marmellata, l'intero maiale, dal sangue alle orecchie, lavorato a dicembre, cotognata e il tacchino, farcito e disossato tutto intero, che il vecchio generale preparava da solo per tutti, dicendo ai nipoti «poi vi rivelerò il segreto», ma morì e il tacchino non lo sa fare più nessuno. Lasciava in compenso altri e più preziosi segreti sul saper vivere e gustare la vita.

Ora sì conoscevo bene Rocchi, e gli dicevo tutti i suoi difetti: era aggressivo causidico rissoso, esagerato nelle reazioni, megalomane permaloso facilone... bilanciava tutto largamente, con immensi pregi di intelligenza razionale speculativa e generosa.

Si alternavano attorno a noi i membri della mia grande famiglia, affascinati inquietati e divertiti da Rocchi, tanto quanto essi stessi affascinavano inquietavano e divertivano lui. E poi piaceva a tutti il suo humour.

Ma era solo humour? Era qualcosa di più e decisamente più complesso, difficile da definire e da rendere. Se si eccettua qualche battuta, non ho nemmeno tentato di riprodurre un qualche discorso del nostro amico, non saprei da dove cominciare, ma ho già detto tante volte come e quanto ridessimo di cuore, con tutto l'essere nostro, quando lui era in vena, e lo era quasi sempre.

Se ricordo a Gabbi o ad Aldo una battuta, un parere o una descrizione spiritosa, o se la ricordo solo a me stessa, siamo capaci di ridere ancora come allora, o sono capace di scoppiare a ridere, sola in casa. Se tentassi di riprodurre l'umorismo di Rocchi, che so già irripetibile, ne verrebbe fuori qualcosa che avrebbe andamento e tono quasi incomprensibili, qualcosa di goffo, spento, moneta falsa. Come si fa a darne un'idea? Nel nostro lessico familiare, con Mariapia per esempio, o con Renato, davanti a una crisi, a un comportamento, un rifiuto o una scelta compiuti da qualcuno, dicevamo: «C'è bisogno del dottor Freud? Macché, qui basta il portiere del dottor Freud!».

Invece in questo caso c'è più che mai bisogno del dottore in persona, delle sue mirabili pagine su *Der Witz*, sul motto di spirito, dell'analisi faticosa e lenta che egli compie su tutti i gradi e gli aspetti del comico, dello spiritoso, procedendo con rigore logico attraverso esempi, suddivisioni, rapporti con l'inconscio.

Forte di questa scienza posso confessare che Rocchi, nelle memorabili serate in via Maqueda, con *«gran dispendio di lavoro psichico»* ci riconduceva tutti sotto il principio del piacere, sprigionava in noi il piacere, e del nostro si appropriava a sua volta, per goderne lui.

«L'arguzia ha un intento, suscitare piacere in chi ascolta... trarre piacere dai processi psichici o intellettuali o di altro tipo».

Ecco, quello di Rocchi era «lavoro arguto». Noi ridevamo. Perché ridevamo? Mai un gioco di parole, mai un doppio senso, mai una barzelletta, né una freddura e tanto meno una oscenità o un'allusione scurrile, tecniche che Freud analizza tutte pazientemente. Il suo era un lavoro psichico *«...con tecnica di spostamento arguto indipendente dalle parole e dipendente dalla successione del ragionamento, che doveva avere carattere di spiccata logicità»*.

Erano, i suoi, «motti concettuali», mai di quelli imparziali o innocenti capaci di dar luogo al blando benevolo sorriso, ma «motti tendenziosi», che provocavano lo scoppio di riso irrefrenabile.

I motti tendenziosi a loro volta si dividono in osceni, al servizio della denudazione – e questi non erano cosa sua –, e in ostili, al servizio della aggressione, della satira, della difesa – e questo era propriamente il tipo di spirito dell'amico.

E che è questo motto ostile? Poiché *«...la superiore civiltà ci insegna che è ignobile usare parole ingiuriose»*, e poiché c'è in noi, se civili, una *«ribellione estetica»* contro l'invettiva, il motto tendenzioso di tipo ostile

«...aggirerà le limitazioni e schiuderà fonti di piacere divenute inaccessibili...» perché *«il motto è ribellione contro l'autorità, liberazione dall'oppressione che essa esercita»*.

Può esserci dunque il motto tendenzioso di tipo ostile (e qui Freud analizza freddamente tutto ciò che del suo popolo ebreo è oggetto di scherno e ludibrio in infinite barzellette e storielle) *«...contro la propria persona, o per dirla più cautamente, contro una persona della quale fa parte la propria persona, una persona collettiva, per esempio il proprio popolo»* e aggiunge, con una sobrietà che a me sembra tristezza *«...io non so del resto se accada spesso che un popolo rida tanto della propria indole»*.

Sì, accade, ai siciliani accade.

Ma per attuare il proposito di produrre piacere sono necessarie, dice sempre Freud, tre persone: l'autore del motto arguto, che mentre offre agli altri il frutto del suo lavoro psichico generalmente resta del tutto serio, l'oggetto della sua aggressione, e l'ascoltatore che trae piacere e ride.

Ci eravamo tutti. L'aggressore Rocchi si spendeva serissimo, senza risparmio, l'aggredito poteva essere di volta in volta la gerontocrazia sovietica o cinese, la DC, il Papa, il sindaco, il PCI, o un singolo dirigente, o i siciliani, o il medico, o la morte, sconfiggeva chiunque, gli ascoltatori ridendo ci liberavamo, era il modo di *«favorire il pensiero e proteggerlo dalla critica»*. E ci divertivamo tutti, perché *«ridere degli stessi motti è prova di una vasta concordanza psichica»*. Scattava quindi quello che Freud chiama *«il fattore psichico di potenza»*, per cui *«il motto ostile trasforma l'ascoltatore, dapprima indifferente, in un compagno d'odio e di disprezzo...mentre prima il nemico aveva un solo avversario ora esso gliene crea una schiera...»*. Gran piacere generale... *«il motto è quindi un briccone dalla lingua biforcuta che serve due padroni simultaneamente»*, il suo autore e i suoi ascoltatori.

Come è preciso e riscontrato tutto questo! E come è vero che *«il lavoro arguto non è alla portata di tutti»*, tanto che non sappiamo più con chi ridere.

Ma non è che Rocchi scherzasse solo sull'autorità e il potere: ognuno di noi poteva diventare oggetto di satira mordace. Non di motti tendenziosi, ma di qualcosa di non meno violento, il dottore ha previsto tutto: contraffazione, esagerazione, parodia, smascheramento, degradazione, sono gli stadi diversi che venivano percorsi, si trattasse dei miei difetti o di quelli di Mars, di quelli di Nando o di quelli dell'Ariete, *«per abbattere ciò che è elevato»* ridimensionando, ridicolizzando, esasperando, con rincaro di inimitabile dialetto e mimica. Il fatto che mai nessuno si fosse non dico offeso, ma minimamente risentito, dimostra come si trattasse, in definitiva, di omaggio. Un omaggio di smascheramento parodia degradazione ecc. che mai poteva essere rivolto a poveracci indifesi. E omaggio mi sembrava, quando apprendevo di persone, a me sconosciute, che si sbellicavano alle mie spalle al racconto di un Natale in campagna da noi, che Rocchi esasperava, sostenendo che una irruzione della Finanza si sarebbe conclusa con il rituale «favoriscano con noi» e che avremmo avuto guai seri, perché tutto ci condannava, perché nessuno mai avrebbe creduto che noi si stesse a celebrare il Natale con quattro candele accese (da noi in campagna non c'è luce elettrica) e fornelli spenti, qualche patata lessa e «questi chi sa che fanno, non ce la contano giusta, qua c'è questione di droga». Lo scherzo sul mio mangiare e far mangiare con parsimonia – costume familiare inveterato e compiaciuto – era eterno: le figlie piccolissime venivano minutamente interrogate sul pasto della sera e, accertato che consisteva in pane e latte, Rocchi inorridiva, come inorridisce ogni siciliano adulto all'idea di latte, e accertato che la carne la mangiavano solo dai nonni, decideva di stendere una denuncia alla procura della repubblica invocando l'intervento di un giudice tutelare.

Ridevamo. E al fondo di tutto questo gran ridere che c'era? Che c'era se non un processo di difesa? *«I processi di difesa sono correlativi nella psiche al riflesso di fuga e hanno l'ufficio di impedire la nascita del dispiacere da fonti interne...»*. Ahi, ahi! E tutto sommato (grazie Freud per tanta struggente limpidezza). *«...l'euforia che ci sforziamo di ottenere per queste vie non è altro che lo stato d'animo di un'età nella quale non conoscevamo il comico, non eravamo capaci di motteggiare e non avevamo bisogno dell'umorismo per sentirci felici di vivere»*.

E allora grazie, amico, vedi che cose enormi ci hai dato. Così enormi e indispensabili che – piccolo colpo di scena interiore, ne prendo coscienza solo ora che ne scrivo – io che gli parlavo di qualsiasi cosa stessi leggendo, dal rebus della Settimana enigmistica al fondo di Scalfari, da Virginia Woolf al bollettino economico di una banca, io non gli ho mai detto con quanta passione e diletto leggevo questo saggio di Freud, mai un cenno: temevo evidentemente, questo mi è chiaro solo oggi, che, una volta smontati e conosciuti i meccanismi, lui si facesse meno autentico, più controllato, insomma non volevo sottrarre un grammo del piacere che lui ci dava e che ci aiutava tutti a campare.

Per questo ora mi sento come la figlia del re che nessuno riesce a far ridere.

Per questo le serate in via Maqueda rimasero memorabili e indicibilmente felici.

Un assetto definitivo delle strutture esistenti ebbe inizio nel 1713, mi dice Dome, e si compì quasi quarant'anni dopo, nel 1750. Gli avi erano nobiluzzi urbani senza terra, fedeli servitori dell'amministrazione borbonica, alti magistrati premiati con un titolo: grande decoro, addirittura un po' di fasto e pochissimi soldi.

Un secolo dopo, il prospetto non bello né interessante, l'ingresso reso appena un po' più solenne da due colonne con capitello di tipo corinzio, fu centrato dagli obici di cannoniere inglesi accorse in aiuto dei Borboni.

Un altro secolo dopo, il grande palazzo di via Maqueda 110, che abbraccia in unica fuga dalla chiesa di S. Orsola alla chiesa dei Santissimi Quaranta Martiri, continuava a subire riassesti e aveva retto a possenti spallate – bombe terremoto morti – che lo avevano fatto ora tremare ora in parte crollare o che lo avevano squassato all'interno senza pietà per gli abitanti.

Infierirono le bombe: condivideva la sorte dell'intera città quando il 9 maggio 1943 ci si presentò col fianco destro squarciato in sezione verticale, un ammasso di sventramenti, calcinacci, polvere, i luoghi vissuti e amati diventati voragine, gli interni dei vari piani sul retro esposti alla piazza.

Infierirono i terremoti, con scosse del quinto del sesto del settimo grado Mercalli: conoscevamo tutti il rumore terrificante dei muri che si torcono e ondeggiano, lo avevamo sentito più volte nel corso degli anni. La stanza che prende a dondolare dolcemente, sentirsi impallidire e vedere impallidire gli altri, chiedersi quanti secoli sta durando, quando finisce, tenersi per mano istintivamente e spasmodicamente, mentre i vetri tintinnano e il crrr crrr sinistro viene dai muri. Restano lungamente a oscillare i lampadari, che si fa? Andare restare uscire scappare? Per prima cosa guardare se il campanile è in piedi, e se lui è in piedi, così snello e sottile, va bene, non è successo niente di grave. Telefona Renato, telefona Marco, telefona Mariapia, nati e vissuti tra queste mura, telefona Rocchi, tutto bene, un modo come un altro di accertarsi che siamo vivi, che nel ghetto degli indigeni, se crolli ci sono stati, non è stato il nostro. Sulle placche tettoniche che si scontrano versiamo gocce di valium.

Dopo la scossa Dome saliva, scendeva, faceva ispezione di tutti i piani, tutte le volte, delle crepe stazionarie e di quelle in espansione, dei soffitti leggermente o marcatamente avvallati, dei pavimenti che ogni passaggio d'autobus fa tremare con tintinnio di vetri.

«Ti prego, vieni a vedere». Alto e un po' curvo, il passo più lento che pesante, le parole contate, Dome, che le stimmate se le procurava meno spettacolari di Mars, individuabili solo ai raggi X e diagnosticate come ulcera, saliva dal suo appartamento al primo piano per fissare pensoso la porta che un bel giorno, senza che occorra un terremoto, non vuole più saperne di chiudersi, il mattone che a un bel momento affonda o si innalza di due centimetri, la persiana alta tre metri e quaranta che a un certo momento rifiuta di girare sui cardini.

Io e Gabbi lo seguivamo ansiose in queste ispezioni. Dopo avere osservato in silenzio, la sua sentenza era sempre la stessa: «La fabbrica ha fatto movimento». Diagnosi inquietante e contro cui non c'era nulla da fare se non rabberciare: piallare la porta, cemento sotto il mattone, la persiana o definitivamente aperta o definitivamente chiusa. Finché dura dura. Erano movimenti silenziosi, frequenti, impercettibili slittamenti di cui ci si accorgeva quando millesimo di millimetro dopo millesimo di millimetro avevano consumato il loro danno. Perché avvenivano? Il tempo. Gli anni.

Rubammo la frase a Dome per attribuirla al corpo: un grado di più negli occhiali di Marghi, l'infarto di Aldo, io che perdo un dente, i dolori delle ossa di Gabbi, Rocchi niente vino, Dome niente fritti, Marta niente dolci, tutto ciò che guasta senza abbattere. Che hai? La fabbrica ha fatto movimento. E i medici, come gli ingegneri, in questi casi potevano solo rabberciare. Finché dura dura.

Interi solai rifatti dopo il terremoto del '68, quando fu il disastro del Belice, rifatti interi soffitti, revisione dei muri maestri, sondate le travi portanti, spiate le centine, visita accurata, con torce elettriche e capimastri, nel buio dei tetti morti per vedere se la volta a botte della galleria regge. Meglio incatenarla.

E sempre, anche senza sisma, continuamente rabberciare un solaio del primo piano, i tubi di scarico del secondo, il bagno di su fa umidità giù, i termosifoni installati tre anni prima non funzionano, quelli installati 56 anni prima vanno a meraviglia, una perdita d'acqua fa smattonare mezzo appartamento, i tetti del terzo piano fanno acqua, là piove allegramente, e ci si mettono pure i rampicanti a svellere le tegole, sul pavimento di una cucina si apre un buco, il soffitto di un salone disabitato si copre di umido marrone, l'intero intonaco dello studio di Antonio, il salotto bianco dell'epoca di Clementina, crolla di colpo e tutto insieme rivelando un affresco mai saputo. Case vecchie, guai nuovi ogni giorno.

Andavamo avanti così, senza farci gran caso, otto proprietari sempre d'accordo, d'accordo soprattutto a spendere poco, consulti sbrigativi ogni tanto, controllando al minimo la manutenzione e la stabilità delle settanta e più stanze, cento se ci mettiamo sgabuzzini ripostigli soffitti accessori e la stanza delle galline, chi sa perché ma si chiama così, e gli stanzini del grande palazzo. Attenti a ogni tonfo: pezzi di cornicioni incontrollabili che si staccavano – presto, assicurazione contro terzi – attenti a dominare ogni forma di ansia nelle giornate d'estate, quando lo scirocco ulula o sotto gli scrosci brevi e torrenziali dell'inverno, quando ogni abitante di via Maqueda 110 pensava alla volta della galleria, questo salone d'ori stucchi e affreschi in cui brillava intatto lo splendore di un presepe napoletano del settecento.

Poteva veramente crollare? Non più, incatenata com'era. Intanto, tutto attorno a noi nel vecchio centro storico, i movimenti di fabbrica grossi e definitivi, palazzi che cadevano affranti per vecchiaia e abbandono, erano roba continua, segnalati da sirene disperate e impotenti intrappolate nel traffico del budello di via Maqueda, poi la notizia in cronaca, con i morti e le foto, gli scampati e i loro racconti, di cui si leggeva nulla più del titolo, solo per sapere se era accaduto in via Divisi o in via Rua Formaggi e calcolare la distanza che ci separava. Per il resto erano drammi civili tutti uguali, con vittime o senza, con sisma o senza, con acquazzone o senza, con famiglie che si attendavano sotto il Municipio, un fatto così frequente che non riusciva a smuovere l'attenzione di nessuno.

C'era, ogni tanto, un discorso ricorrente: dividiamo, soppalchiamo, abbattiamo, ricostruiamo, mettiamo l'ascensore, ricaviamo appartamentini moderni, ma nessuno di noi ebbe mai tanti soldi e tanto coraggio.

C'erano, a volte, discorsi appassionati e in malafede: facciamo un affare, troviamo un costruttore, gli vendiamo l'area, abbatte tutto, fa quello che vuole e ci riserva un dato numero di appartamenti. Lo hanno fatto proprietari di palazzi cento volte migliori del nostro. E giù esempi. Ma quando l'idea dell'appartamento nuovo si materializzava in corridoio, stanze a destra e stanze a sinistra, vetrocemento, tramezzi da 20 centimetri, serrande e tutto quello che degli appartamenti nuovi conoscevamo, a quel punto i muri spessi 60 centimetri, le scale larghe due metri e mezzo, i balconcini interni, i ripostigli, la stanza delle galline, certe stanze quasi buie, i terrazzini vari non correvano più nessun pericolo, gli animi si raffreddavano e il discorso veniva rinviato col finto proposito: pensiamoci sopra.

Intanto i cromosomi lavorano infaticabili e io mi scopro come Clementina a vegliare sul palazzo, a esigere silenzio e ordine, mi scopro come Ugo, che oltre sessanta anni fa, dall'inferno di una disintossicazione di morfina in una clinica del nord, scriveva lettere terrificanti e in calce: «mi raccomando, attenzione ai ragazzini della spesa, che non sporchino i muri della scala».

Attenzione, quindi: ora ci tocca difenderci strenuamente dagli inquilini indesiderati, studenti di provincia e tunisini, attirati dal degrado del quartiere.

«Chi sei tu?» disse il verme all'altro verme. A Heidelberg non si affitta a *Gastarbeitern*, a Torino non si affitta a meridionali, a via Maqueda non si affitta a tunisini, e più scendeva il livello del centro storico, più volevo aspidistre e felci nell'androne e portiere efficiente e scale immacolate, come allungare il collo e alzarsi in punta di piedi per non affogare mentre il livello del degrado te lo senti alla vita al petto alla gola.

Se eventi esterni come terremoti e bombe avevano infierito sul palazzo, eventi interni avevano dato il via a rivolgimenti e ristrutturazioni compiuti senza mestizia, anzi con una sorta di allegria nervosa.

Con soddisfazione e malcelato culto, con gusto del futuro, feroce senso di identificazione e di esorcizzazione, ogni appartamento svuotato da una morte si riattava e riabitava subito: qui rallegriamo con carta da parato a fiori, questo tramezzo si abbatte, se ne alza uno qui, questa porta si chiude, ne apriamo una due metri più in là, questa scala interna si abolisce, qui diventa ingresso, questa porticina di comunicazione con l'altro appartamento scompare, no, rimane.

Dal mio posto centrale anagrafico di osservazione abbraccio le cinque generazioni, due sopra di me, due sotto, e ci vedo mescolarci voltolarci amarci avvicendarci: vischiosità della famigliaccia asserragliata nel suo fortilizio, dove anche i giovani marciano con bagaglio pesante – o ricco? – di ricordi, dove ci si incontra per le scale, «baci baci», «notte notte», dove ci si scambia visite e «uniamo le mense», tu porti i peperoni io le uova.

Sembra il gioco dei quattro cantoni: io ho dormito per molti anni nella stanza dove è morto Ugo e dove ora ricama in oro e argento Milady, ora dormo nella stanza dove è morto Carlo e in cui ha dormito Giuditta fino al momento in cui non andò a studiare a Pisa; Giulia dorme dove è morta di vecchiaia la Contessa e dove per quasi dieci anni ha dormito Marcello, finché non morì di cancro; Pimpa dorme in quello che era il salotto di Maria, gran dama accattivante; Marta dorme nella stanza in cui è morto Ottavio, morto giovane; Caterina dorme nella stanza che era di Pimpa bambina; Gabbi dorme nella stanza dove Clementina spirò spossata dai troppi anni, senza mali né agonie: una scala interna mi univa a lei, mi accucciavo sul suo letto e le chiedevo «hai paura di morire?», lei mi rispondeva con un gesto tenue della mano, come dire «domande inutili», e in quella stessa stanza ha dormito Mariapia fino al suo matrimonio, e Giulia gioca dove giocava Maria Catena e Dome dorme dove morì Giovannina, isterica e medium, con la siringa per la morfina sempre infilata nella coscia, attraverso sottovesti e vestiti, morta di tetano a 44 anni, ma ne dimostrava novanta, a letto col cane, con pile di riviste francesi, col vassoio con un perenne uovo al tegamino e, pare, anche con le pulci.

A dirlo sembra un macabro gioco dei quattro cantoni, a farlo è il gioco della vita e della morte che impasta e salda le generazioni, il tempo avvolge confonde e stempera, chi parte e chi arriva, bare in uscita, culle in entrata, la vita che scorre frettolosa e intensa, veramente allegra, vanamente disperata.

Quando Maria sarà morta, aveva deciso Gabbi per tutti, smonto il presepe, lo imballo in casse e lo doniamo al Museo di Palermo. A patto, aggiungeva, che sia io a rimontarlo e a sistemarlo dove loro diranno. Tutti d'accordo sulla civica decisione: ma poiché alla morte di Maria seguì lo smantellamento della sua grande casa, con rapaci antiquari in circolazione, di altri smantellamenti nessuno ebbe cuore di parlare e tanto meno Gabbi ebbe cuore di mettere mano alle piccole gemme ai merletti ai lisi broccati alle faccette attonite dei pupi del presepe.

E poiché le notizie che ognuno di noi ricavava dalle visite ai musei cittadini erano poco rassicuranti e poiché l'abbandono e lo sfacelo dei beni pubblici mettevano i brividi e poiché si sapeva che casse su casse giacevano in ogni sede di beni culturali in attesa di inventario, di personale, di locali, di volontà, di capacità, di fondi, si pensò che era meglio non farne nulla, che i pupi sarebbero rimasti a marcire nelle casse, tanto valeva lasciarli dov'erano. Né sarebbe stata facile la donazione. Non c'era, emblematica, la storia degli uccelli? Una magnifica raccolta ornitologica, migliaia di esemplari mediterranei collezionati per lunghi anni da una facoltosa famiglia inglese radicata nell'isola da più generazioni. Giunti anch'essi allo smantellamento della loro grande casa non avevano forse offerto a uffici assessorati autorità e soprintendenze la loro splendida collezione, scoprendo il dono assai poco apprezzato per ignoranza e le lungaggini frapposte per inefficienza tali e tante, e la sorte definitiva talmente incerta, che gli uccelli volarono in Irlanda, dove furono accolti con tutti gli onori per la loro rarità e varietà e stato di conservazione.

Alla larga quindi dai musei locali. Ogni volta a Natale, ridendo, quando qua e là sorgono nel quartiere presepi alla Walt Disney, qualcuno propone di piazzare nell'androne un cartello che inviti i passanti a vedere un piccolo capolavoro del settecento napoletano. Che ne facciamo del presepe? Nulla.

Rocchi come molti altri, come Beatrice e Aldo e Nando e Santuzza, ma con più penetrante partecipazione e attenzione, guardava mezzo divertito mezzo atterrito al nostro inestricabile viluppo di generazioni, ai nuclei asserragliati in via Maqueda e alle loro propaggini fuori le mura, allacciate da radici che quando sembravano spezzate andavano a risorgere più in là, in Maddalena o in Fabrizio, segno che avevano marciato sotterranee come quelle di certi rampicanti e come certe malattie ereditarie che saltano una generazione.

«Il sangue non è acqua» diceva Rocchi, aiutandomi a dipanare la matassa. Era un viluppo affascinante, ma anche inquietante, era soffocante, ma anche vivificante.

Nel suo seno le generazioni combattevano mediavano reggevano in equilibrio o soccombevano sotto il peso degli opposti apporti ricevuti da ciascuno dei due genitori: la vitalità e la pigrizia, le passioni e il loro controllo, la lotta e la rinuncia, il gusto del cibo e l'ascesi, la cicala e la formica, l'impegno e il distacco, la socialità e la solitudine, in una parola quell'eros e quel thanatos che esercitano il tiro alla fune dentro ogni famiglia e ogni individuo.

Nel suo seno i vecchi e i bambini trovavano protezione e affetto, ma anche sopraffazione e per il loro stesso esistere ricattavano flagellavano esigevano: si cedeva, sapendo come li si sarebbe rimpianti, una volta morti o cresciuti.

Nel suo seno si esercitavano la solidarietà e i silenziosi patteggiamenti dell'amore, si accendevano tensioni, spezzate dal parlarne o spezzate dal tagliar corto: Marta, bella esponente della quarta generazione, aveva introdotto, in occasione solenne, il «cazzi miei» che prima aveva sbigottito e poi era stato accettato e praticato dagli adulti fino a Carlo e Livia e Cecilia.

Nel suo seno infine si consumavano incesti e parricidi onirici, soavemente liberatori.

E poiché ciò che ci univa era ovviamente assai più di ciò che ci divideva, ne risultava un'insopportabile aria di clan, per cui fascino e paura si combattevano negli affini negli amici nei conoscenti: il gruppo unito non poteva non destare il timore di divenirne succubi e gregari. Chi si portava dietro insicurezze e complessi d'inferiorità – corteggiatori o partner delle ragazze – non poteva che girare al largo.

Tutto faceva sì che in estate, in campagna, quattro casette sparse tra viti e alberi, gli ospiti milanesi o stranieri che fossero, se ne andassero sconvolti: più che il mare, il caldo, la frutta all'albero, la vita un po' brada, li sbalordiva l'essere entrati in contatto con qualcosa per sempre estinto dalle loro parti, qualcosa di perverso e sublime che va a morire ovunque e che qui registrava ancora guizzi vitali e profondi: per loro era sensazionale vedere avanzare sulla stradella erbosa l'alta figura di Milady accanto a quella minuscola del suo pronipote Emanuele – il piccolo Felipe, lo chiamava Rocchi, alludendo alla famiglia di Carlo IV esposta al Prado – con i capelli rossi e gli occhi come laghetti celesti. Era stupefacente la tolleranza in circolo: per Milady la piccola Caterina, prima della serie dei non battezzati, era un *armaluzzo*, eppure la accettava, nemmeno più tornando alla carica come faceva prima; di contro gli atei saltavano in macchina, pronti a qualunque messa feriale o festiva Milady richiedesse, per accompagnarla in paese. Era sensazionale, talmente arcaico da diventare sconveniente, certo folcloristico, agli occhi di stranieri con drammatiche famiglie nucleari, che i quattro e gli 85, i trenta e i venti, i 55 e i 16 se ne stessero a giocare a ridere a bere vino a organizzare tornei di scacchi o di ping pong, sceneggiate, gare di ballo, Piero Bebo o Salvatore alla chitarra, senza che nessuno smaniasse per nessuna discoteca dei dintorni. Era sconcertante, per l'amico straniero, vedere con i suoi occhi quel che gli avevo promesso: una vera famiglia patriarcale.

Una coppia di amici irlandesi di mezza età, cattolici ferventi, rimase due settimane, caddero in crisi, partirono dicendo: «Now we know what Paradise means», si riferivano sì alle delizie del bagno di mare in settembre al tramonto, ma anche alla compagnia di gente affabile di ogni generazione e tutti – orrore – comunisti.

Una coppia di giovani tedeschi, naufraghi del '68, visse esperienze indimenticabili, perché Giuditta gli serviva su un piatto di terracotta melenzane in tutte le salse gli usi e i travestimenti, e su un piatto d'argento i «grandi temi» da dibattere: ritrovarono la favella perduta in patria, l'abitudine al discorso e andavano avanti fino alle tre o alle quattro del mattino. Partirono in lacrime.

Vidi lo sgomento e il rancore negli occhi di Carlo, milanese, in uno dei suoi periodici ritorni in Sicilia: «Mi sento in Turchia» mi diceva, «qua non entri nel cerchio. Siete tutti stronzi. Me ne vado». E giù crisi. Chiedeva affetto. Il mostro che ci aveva allevato e che allevavamo si chiamava famiglia. Se ce l'hai sei perduto, se non ce l'hai sei perduto. Se ci stai dentro vuoi uscirne, se ci stai fuori vuoi entrarci.

Cazzi vostri, ragazzi!

Non potendola sostituire con niente altro e vivendo dentro un contesto pubblico ostile e sfasciato, facevamo quello che fanno tutti: ferocemente e tribalmente rinchiusi. Ormai ai più la famiglia, o la famigliaccia, ci stava bene.

E a Rocchi della mia famiglia piaceva la levità e la serietà.

Con me a quattrocchi ogni singolo membro, dalla misteriosa sensitiva Lucia alla pragmatica Marghi, da Gabbi, che lampeggia lenta e costante come un faro di lungo raggio, all'enigmatico Dome, ognuno poteva venire vivisezionato, introspezionato, capito.

Ma con l'andare del tempo quello che non ci andava bene eravamo noi stessi. Gli anni settanta ci fecero a pezzi, e a scegliere il perché c'è solo l'imbarazzo della scelta, tanti erano gli elementi che non voglio mettere in ordine, ma buttare alla rinfusa: una certa stanchezza individuale e collettiva, i postumi del '68, l'inarrestabile deterioramento della vita pubblica, il sequestro le lettere e l'uccisione di Moro, il fatto che compivamo ora l'uno ora l'altro i 50 anni, che comunque lo giri sempre mezzo secolo è, l'attesa di una crisi energetica che, visibile, non venne mai, ma ombre ne gettò tante, il compromesso storico su cui ci azzannavamo, e tutto in giro quell'aria da guerra perduta, di non c'è più cosa aspettare.

Fatto sta che è di quegli anni la corsa per mettersi in salvo: Rocchi fece della barca non un mezzo di trasporto ma la sua ragione di vita e il suo feticcio, come io gli dicevo, mentre noi facemmo della nostra campagnetta non un luogo ma un tempio del tempo libero, non meno ragione di vita e non meno feticcio.

Cercavamo rimedi all'insoddisfazione, eravamo in fuga.

Mars da redattore rifluì a collaboratore. Rocchi ruppe col suo amico e socio Nando Russo, l'evento più lacerante della sua vita, e mai più si rividero.

Io ruppi col giornale, dopo diciannove anni che ci stavo, e se mi chiedono perché non lo so nemmeno, so solo che trovai la forza di montarmi a freddo un tasso di litigiosità che mi è estraneo e di intentargli causa per ottenere i contributi arretrati indispensabili al minimo della pensione.

Lo si voglia o no, siamo pilotati, nel bene e nel male, dalla realtà che ci circonda, sta a vedere quali forze individuali mettiamo in campo, che cosa contrapponiamo. In una società come quella siciliana, dove si fa fatica a tenersi in piedi, vorrei sapere chi è che ha voglia di correre. E se avevamo corso tanto e se ci eravamo sbracciati e scalmanati, a maggior ragione non volevamo più saperne: quindi era anche una abusatissima crisi d'identità in piena regola. Che facciamo? Mi ritornava, come il motivo di una canzone, un verso di bella cadenza scritto da Mario Farinella trenta anni prima:

Non possiamo né restare né partire

era vero, ci sentivamo un po' tutti in trappola.

Per oppormi al verso disperato che mi frullava nella testa avevo trovato un antidoto in un mottetto, trovato per caso, del duecento siciliano:

Come cervo in vecchiezze
Rinnovi sue bellezze.

Aggiungendo altre e possenti ramificazioni alle sue corna, così. Così dovevo fare, e mi portavo sempre in borsa, ricopiato su un pezzettino di carta, questa sorta di talismano mentale, finché potei farne a meno e lo buttai.

Il '68 (che qui era stato il '69-70 e si era esteso fino al '72-73) con tanti ragazzi tra i piedi in famiglia, aveva operato crepe profonde e dato un ulteriore giro di vite.

C'erano serate, in via Maqueda, che anziché riunioni di segreteria sembravano assemblee di «attivo cittadino», e in questi casi la terza e la quarta generazione sprigionavano tra loro rapide scintille fino al corto circuito che manda tutto in tilt: Rocchi era del parere di Amendola, negava praticamente che fosse esistito qualcosa che si potesse chiamare '68, e se sì, per favore, spiegatemi cosa è stato. Beatrice Pimpa Dario Marzia Guglielmo Marta Angelo figli e amici dei figli mi sembrava a volte che l'odiassero, in più con il rancore di subirne l'attacco frontale e il fascino dell'intelligenza, lo compativano come irrimediabilmente andato, eppure rimanevano avidi di conoscerlo meglio, di sentirlo.

La loro stagione, eroica e effimera, era fallita, era ingeneroso buttargliela in faccia come una torta. Che gusto c'era a vederli chinare la testa sconfitti? Ci soffrivo a vedere le generazioni scontrarsi e contorcersi così. Noi arrampicati sugli specchi e loro caduti nella tagliola. Non erano teneri con noi. La quarta generazione ci avrebbe voluto peggiori, non solo pigri e sfiduciati, ma anche corrotti e incolti, più omogenei alla società selvaggia e al plutonio che ci accusavano di avere imbandito per loro.

Ci giudicavano pavidi riformisti, incoerenti, traditori, alleati della DC, davano lezioni su tutta la linea e il bersaglio preferito era sempre il PCI. A questo punto anche Mars perdeva la calma, l'occhietto dal taglio orientale si chiudeva a fessura dietro gli occhiali, le battute balenavano e ferivano come coltelli, mentre Rocchi diceva (oddìo, non proprio diceva, quasi urlava): «piccoli borghesi nemici organici della classe operaia, andate a masturbarvi con la rivoluzione».

Le ricordo come serate penose, ma mentre il mio era paternalismo, il suo era rispetto, quindi vero furioso scontro politico con la quarta generazione.

L'avevano colto questo rispetto? Sì, se molti anni dopo, alla prima diagnosi senza appello, Marta mi riferì concitata che con Pimpa e Piero ne avevano parlato quasi all'insegna del panico: davvero non c'era più tempo per usare Rocchi? Davvero non c'era tempo per sapere per raccogliere per carpire e capire, per continuare a discutere, per continuare a usufruire di quel modo singolare che aveva lui di adoperare l'informazione, decifrandola e ribaltandola, quel modo di spaccare in quattro l'avvenimento per poi approdare a grandi sintesi, davvero non c'era più tempo per salvare lui e il patrimonio politico e spirituale concresciuto con noi, con loro giovani, con questa terra? Tardi.

Anche a loro stava sfuggendo di tra le mani un pezzo di vita, non solo a noi. Lo avevano capito, se quattro di loro, anziché astenersi dal votare, come tutti i loro compagni e coetanei, uscirono dalla sezione elettorale sconcertati e perplessi: «perché abbiamo votato PCI?». Pimpa disse: «Forse c'entra la morte di Amendola», il gigante odiato-amato, e Piero invece: «C'entra di più la morte di Rocchi» che era stato sepolto da un mese. Voto anziché fiore sulla tomba? Assai più: era sentire scorrere in sé la vita e la morte sentendoci eredi, gettare un ponte per la continuità e il recupero, raccogliere e proseguire.

Ho fiducia nella mia buona stella: ora mi veniva in soccorso insperato il piccolo Emanuele, la cui nascita Rocchi e l'Ariete erano venuti ad attendere con me, seduti sulle scale dell'Ospedale Cervello, e in lui così piccolo trovai sollazzo purezza interesse, cosa che mandava in bestia il nostro amico, soprattutto per il prendere bruscamente coscienza che i suoi coetanei e amici erano nonni – vergogna! –, un concetto anagrafico che lo infastidiva assai più di quanto non dicesse scherzosamente.

Era il 1976: mai tanti voti al PCI. Ma la confusione del compromesso storico serpeggiava ovunque come una vipera, io e Rocchi ci ritrovavamo come mastini pronti alla zuffa. Da tempo non aveva neanche lui la tessera di partito, ma a quella linea aderiva in toto, tanto quanto io l'avversavo: no, no, che ci fai con Lima Ciancimino e Gioia?

Eppure eravamo fedeli a tale punto che l'unica volta che mi presi il lusso, in una tornata amministrativa, di votare per un gruppo extraparlamentare, esposi poi a Rocchi le mie ragioni, e lui assentiva, annuiva con la testa, e allora «l'ho fatto, lo capisci, solo per le amministrative» (cercavo assoluzione) e lui velenoso: «Ottimo, solo per le amministrative. È la signora che solo per una volta si fa la scopata col portuale» annientandomi.

Per amicizia, per grande stima, ci stendemmo sul lettino operatorio, ci vivisezionavamo, bisturi senza anestesia, per andare a fondo, con coerenza, per concludere che l'intellettuale meridionale è una brutta bestia, e peggio diventa quando rimane qui, e che decisamente eravamo brutte bestie cui mancava qualcosa.

Tenacia prudenza calcolo ambizione, sapere incassare e sapere colpire il nemico (o l'amico), sapere digerire, niente visceri, abolire la ruminazione, ecco, tutte queste doti di base, il patrimonio genetico dell'animale politico, ci mancava. Lo si può accoppiare a una maggiore o minore intelligenza, a un maggiore o minore senso della dialettica storica, sparvieri geniali o burocrati cretini, ma il patrimonio occorre. Sennò si finisce impuntati come muli riottosi su quelle che alla luce della storia sono in definitiva scorie di processi lunghi e lenti, sennò si cammina a casaccio, come accadeva a noi, e niente stanca tanto.

Hai voglia di analizzare, gli eventi ci macinavano.

Il deterioramento generale deteriorava noi stessi, litigavamo anche per niente, ci vedevamo la sera come buoni amici e ci lasciavamo come nemici imbronciati, Rocchi aveva certamente dei problemi – la barca? l'Ariete? i soldi? erano sfere sue private e separate – aveva anche preso a bere un po' troppo, si accalorava, intorno alla mezzanotte scoppiava la rissa, gridava, e io questo non lo tolleravo, cominciò una spirale di corsa al massacro che interrompemmo la sera in cui evidentemente la misura fu colma – perché, su che tema, su quale argomento? – e senza dirci nulla nessuno dei due telefonò più all'altro, ognuno stette a cuocere nel suo brodo, a fuoco lento, forse per due mesi, ancora oggi mi domando cosa fu che ci divise e ci offese tanto, ma so bene che era una quantità diventata qualità.

Avrei dimenticato l'episodio se non mi fossero ritornati, conservati tra le carte dell'amico morto, tre fogli dattiloscritti uniti da una graffettina: la lettera che gli scrissi nel novembre '76 e la sua risposta – uniche lettere mai scritteci in tanti anni – ampia testimonianza delle asprezze di quel periodo.

Mi chiedo – gli scrivevo – se veramente un'amicizia può

finire in modo così alienato e mi rispondo che no. L'amicizia, mi pare, non è come l'amore, non ha componenti irrazionali, usufruisce di una serie di scelte reciproche. E allora che cosa è successo tra noi, dopo un'amicizia ultraventennale così profonda e interessante e disinteressata? Non scrivo per affetto, ma per la stima di lunghi anni...

E lui:

Grazie per la lettera. Contrariamente a quanto dici è scritta per affetto. È vero, bevo troppo e (anche se non l'hai scritto) fumo troppo. Non mi curo come dovrei. Anzi non mi curo affatto. Al mattino ho molta tosse ma non posso usufruirne e goderne come vorrei per via delle costole rotte [a seguito di una caduta in barca, n.d.a.].

E io:

Tanto più mi faccio chiusa distaccata presuntuosa strafottente e confusa, tanto più ti sei andato facendo così viscerale e aggressivo, un cavaliere della Mancha senza sorriso né indulgenze...

E lui:

Non è completamente vero, come scrivi, che ti fai distaccata e chiusa e questa tua lettera prova appunto il contrario... e secondo me non è neanche vero che sei strafottente, ma, a mio parere, religiosissima... Questo che ti dico non è un elogio per te... è anche una dura requisitoria contro una delle persone che amo e a cui tengo di più in questo mondo. Tu sei il migliore amico della mia vita: la nostra amicizia non è, come scrivi, ultraventennale, ma ultratrentennale... perciò non posso perdonarti niente.

E io:

Mi preoccupo per gli anni che ti – ci – attendono, i più difficili, quelli in cui l'impegno fondamentale deve essere, mi pare, quello di raccogliere le forze per mantenere l'equilibrio interiore... c'è il dato netto del declino, c'è questo cammino in discesa in cui bisogna *appuntiddarsi* per percorrerlo senza panico... quel che rifiuto è la rissa.

E lui:

Senza ironia e senza flagellazione: sono peggio di come mi vedi... perciò non mi preoccupo degli anni che mi attendono (?) e che saranno (?) i più difficili. Fermiamoci a questi, per favore. Non mi interessa e non ho voglia di diminuire di un grammo il peso di tutti i miei errori, delle presunzioni, delle cantonate, delle arroganze, degli isterismi, delle petulanze, delle villanie, delle intollerabili maleducazioni di cui da sempre sono responsabile e colpevole e a volte anche cosciente... Ma... il problema della nostra amicizia nasce e si esaurisce attorno al mio carattere infernale? Nasce questo problema dal mio carattere, dalla mia rissosità, dal mio disperdere le forze (dove le dovrei concentrare?), dall'essere appunto un cavaliere della Mancha senza sorriso né indulgenza? Sarei felice che fosse così... Mi piacerebbe accollarmi tutto, TUTTO. E tutto finirebbe in gloria? Certo, potrei effettivamente, anzi dovrei e dovrò sforzarmi di parlare sottovoce, di essere più discreto, comprensivo, più elegante conversatore, più accorto interlocutore e moderato e amabile.

Va bene. E allora? È tutto qui? È questo il problema, chiederebbe secondo il suo solito il principe danese.

E io:

...proclami il tuo disprezzo verso di noi e che siamo delle merde. Francamente non so trovare nessun argomento per dimostrarti che non lo siamo... Mi pare che ti interessa sempre meno capire le posizioni degli altri perché ti interessa di più aggredirle.

E lui:

...il centro il perno la colonna di questa nostra così lunga intensa stimolante burrascosa affettuosa amicizia non sono stato io con il mio buon carattere, improvvisamente mutato in peggio... è stato l'accordo di fondo su cose importanti, decisive del nostro modo di essere, di esistere, di vivere, di morire. Sopportando tu – e dio te ne renda merito – il mio malo carattere e accollandomi io qualche sfumatura del tuo. C'è ancora questo accordo di fondo? Questo dobbiamo – tu e io – verificare e ricercare «amorosamente». Io penso e credo che è possibile che ci sia. Non dico che c'è: dico che può esserci, che può tornare ad esserci. E vale la pena di verificare....

Io concludevo:

...sono un mostro, ancorato alla forza della ragione...

Lui concludeva:

...io sono a perdere, le mie ragioni no.

Insomma ci scontrammo frontalmente, ci aiutammo fraternamente, fummo, se possibile, ancora più amici e, con l'aiuto di alcuni disturbi al fegato, quel bere che tanto mi preoccupava in un uomo così solo diventò controllatissimo.

I punti interrogativi che mette, incredulo, sugli anni per lui a venire, e il ritornello a lui caro «quante estati abbiamo?» sarebbero patetici quando poi si muore vecchissimi, risultano invece drammatici quando si lascia bruscamente la vita, solo tre estati dopo questa lettera.

«Quante estati abbiamo?» se lo chiedeva e ce lo chiedeva buttando la domanda al centro di un pranzo o di una conversazione, ed era domanda senza risposta che suscitava rintocchi profondi in noi cinquantenni e ultra, che riecheggiava silenziosa in Mars, che irritava Vittorio, che incupiva Aldo. Perché lui insisteva: «possiamo campare fino a novant'anni, ma quante estati abbiamo come questa?» in grado cioè di camminare nuotare correre fare l'amore mangiare bere arrampicarsi... poche, poche, dicevano i rintocchi dentro di noi, e sono convinta che Vittorio sotto il tavolo faceva gli scongiuri...

Invecchiavamo.

Capitolo IV
Nodo d'essere

Le particelle alfa o beta funzionavano. Rientrato da Losanna Rocchi si dedicò a organizzare il suo inverno come glielo aveva prospettato il dottor D.

«Molto caldo, molto comodo, mangiare bene, e fumare e bere veda lei, non proibisco ma non bisogna esagerare».

Il caldo e il comodo lo interessavano e gli piacevano – era gatto di casa – il mangiare non lo aveva mai interessato granché e ora si ritrovava con meno appetito del solito, avido solo di gelati e succhi di frutta, non fumava più cinquanta sigarette, ma una trentina sì, e gli era spuntata una tossettina diversa dal suo catarro di fumatore, che doveva reprimere perché subito o io o l'Ariete lo chiamavamo Violetta Valery, e quanto al bere era un gusto supremo controllatissimo: non voleva che il vino esasperasse i suoi difetti, ma soprattutto voleva sorvegliare e spiare il suo organismo senza interferenza di agenti esterni che imbrogliassero le carte. Me lo spiegò un giorno in cui aveva dormito male e io insistevo per il valium ammorbidente.

«Esattamente la china che non voglio imboccare».

«Ma il valium non è morfina, cosa credi?».

«Credo allo scivolone, alle venti gocce di oggi che diventano trenta e poi accoppiarle all'alcol, e rimanere in poltrona mezzo stonato. E che sai tu di quale dolore può insorgermi e dove, che cosa può accadermi, di colpo o lentamente? A uno già stonato il primo medico che arriva gli fa la morfina e non sono più in grado di decidere niente». Mi convinse.

Doveva decidere come e quando morire e la cosa si rivelò più difficile del previsto. Nessun medico sembrava attrezzato a un discorso sereno sull'argomento. Ne consultò alcuni e poi raccontava a me e Mars (l'argomento era da segreteria ristretta) dei tre approcci compiuti:

«Sedeva afferrato ai braccioli della poltrona e mi guardava come si guarda un pazzo. Un pazzo lucido che può saltare improvvisamente alla gola. Secondo me cercava di suonare il campanello per l'infermiere».

«È diventato pallido, si è messo a giocare col tagliacarte, completamente assorto, non ha aperto bocca fino al momento in cui non gli ho detto scusi, professore, non ci siamo capiti».

«Gli spiegai la mia situazione, teneva gli occhi bassi e poi mi guardò improvvisamente borbottando "provi una overdose". Provo? Ma come provo? "Provi, ma se poi chiamano me, il solo dovere mio è riportarla in vita". Arrivederla professore, anzi addio».

Tanto inconciliabile è la distanza che separa una mente laica dalla medicina corrente, in così poco conto è tenuto il diritto a disporre del proprio corpo.

Rocchi non voleva provare, voleva morire al momento giusto, voleva sapere con quante pillole, né in difetto né in eccesso, e reclamava il diritto di sapere quale sintomo tra gli altri avrebbe dovuto preoccuparlo e dargli il via.

Ma questi discorsi sembravano oltremodo prematuri, perché malgrado la febbre del pomeriggio – 37,5, al massimo 38 – stava abbastanza bene e ne avemmo piena conferma al controllo di dicembre a Losanna.

Fu una gita delle più piacevoli, ci raggiunse una coppia di amici, gite al lago e buoni ristoranti, a ogni angolo il paragone con la nostra città «così linda e ordinata, un piccolo gioiello mediterraneo», con risate a rotta di collo quando Rocchi rifaceva, con mimica e stretto dialetto, la faccia e i discorsi dei medici svizzeri che se lo vedevano spuntare ancora vivo, contro ogni tentativo messo in atto per abbattere la forte fibra. «Ai siciliani manco il betatrone ci può, c'amu a fare cu chistu?». P38 magnum, suggeriva lui, questa è l'unica.

L'inverno palermitano ora cominciava caldo calmo e comodo, andavamo quasi ogni sera da lui, evitavamo di fare salotto in troppi, se andavano Gino e Lillina non andavano Renato e Mariapia, se c'erano Ermanno e Nica non andavano Mirella e Vincenzo.

Conoscemmo la zia di Rocchi, la Ziamamà, come lui la chiamava dagli anni dell'infanzia, una donna minuta e magra di sorprendente energia e apertura mentale, che abitava l'appartamento contiguo, confezionava polpettine e primizie per il nipotino disappetente, da sempre suo commensale all'una e trenta, per il quale, malgrado ci fossero altri cugini e zii, costituiva l'ultimo legame con la tribù nissena decimata.

Certe sere era invece Rocchi che andava a pranzo da amici, soltanto da noi non poteva venire, perché le ampie comode scale di pietra grigia di Billiemi, oltrepassato il cosiddetto piano nobile, si trasformavano in ripida fuga di alti scalini, e chiunque arrivava fino a noi aveva un fiatone grosso, cosicché quella sera, che sembrava ormai lontanissima, in cui aveva detto «ho sempre la febbre», era stata l'ultima a casa nostra.

Natale e Capodanno trascorsero quasi allegri, non ricordo se Rocchi andò da Ermanno, ma mi sembra probabile.

Ermanno e Nica, nomi per anni rimasti senza volto, membri del suo equipaggio, velisti appassionati, ci erano estranei come ci era estraneo l'Ariete, sfere sue private, che si fusero appena un po' attorno a lui solo in occasione della malattia, e con la sua morte tornarono separate: avevamo del resto maturato da troppo tempo modi diversi di usare il tempo libero, barca e campagna facevano a pugni, e sempre meno la nostra amicizia si alimentava di svaghi comuni, sempre più assomigliava a un piccolo permanente seminario, a volte anche a un ring.

Né mai avevamo amato le celebrazioni natalizie, l'orgia che si consuma per le strade nei negozi e nelle case, figurarsi ora.

Ricordo solo che quell'anno io e Mars non andammo, come di solito, in campagna, annunciammo alle figlie e ai loro figli: «È l'ultimo Capodanno di Rocchi, vogliamo stare con lui», ricordo affettuosi brindisi, lui e l'Ariete, io e Mars, la Ziamamà, senza cenoni e senza lucciconi, né regali né auguri di buon anno: sapevamo che Rocchi sembrava trovarsi in un limbo di pena temporaneamente sospesa, per un periodo che nessuno poteva dire quanto lungo o quanto breve.

Fu brevissimo. La scintigrafia del 10 gennaio, richiesta dai medici di Losanna (ancora sbalorditi di saperlo in vita) mostrava un'enorme estensione del tumore mediastinico, al centro del petto, e perciò stesso fin dall'agosto giudicato inoperabile.

Mentre l'amico va a morire la mente consuma ogni sorta di bassezze, come quella di credere che ci si sta preparando a ricevere il colpo, come quella di sostenere di averne già valutato l'entità, come quella di ritenersi addirittura già pronti, recidendo ora qua ora là, in una sarabanda di inganni e trabocchetti, e poi oziosa e paga, crede di avere sistemato tutto, il dolore presente e quello venturo, quasi si trattasse di un'iniezione col liquido bruciante, roba che tieni sotto controllo: invece è cominciata quella deflagrazione silenziosa che manda tutto all'aria e lascia tutto in frantumi. La mente allora riparte alla ricerca spasmodica di sistema di freddezza di lucidità: peggio che mai, saltano fuori da tutte le parti conti insolvibili e perniciosi bilanci – muore l'amico, si muore un po' noi – l'esistenza aperta a ventaglio, guardala. Vedo, vedo.

Faccio parte del centro storico palermitano come il guscio di noce fa parte, inerte e impaurito, della tempesta che lo squassa, che non ha manco fragore né grandiosità. Vedo che qui mi sono reincarnata quattro volte, e tre volte su quattro, per ragioni diverse ho violato, senza scalfirla, la realtà. Io non la scalfivo e quella mi faceva a brandelli.

La prima volta ero una bambina undicenne condotta per mano da una dama di San Vincenzo alta e bella, vestita dimessamente, quel dimesso che il sottoproletariato palermitano, esperto in cose servili e di corte, giudicava degno del titolo di «duchessa»: i poveri si chinavano per baciare con gesto rapido l'orlo del suo vestito quando nel catoio sordido consegnava il tagliando per un litro di latte e un chilo di pasta a undici o dodici persone malate affamate ringhiose che lei ammansiva con la sola presenza sua e del tagliando. Scippavamo sottomissione, rassegnazione alla volontà di Dio. Era prima della seconda guerra mondiale.

La seconda volta ero una militante comunista, avevo venti anni, di nuovo di porta in porta, anziché pasta, attesa e implorata, portavo parole e altro che rassegnazione! Scippavo rivolta, consenso allo splendore nebuloso del mondo nuovo. Ma il più delle volte mi ritrovavo tra lotte improvvisate e senza sbocco. Mi sentivo molto rivoluzionaria. Il fine ultimo a un certo punto mi sembrò quello, già detto, di travasare con un secchiello l'acqua del mare, porzioncine di voti travasati dalla DC al PCI, un travaso così lento che una vita, a quanto pare, non sarebbe bastata.

La terza volta ero una giornalista, rapace come siamo tutti i giornalisti, carpivo e fuggivo col malloppo degli appunti, fatto l'articolo si passa ad altro. Mi sentivo dinamica e importante. Scippavo, condivo con parole calde, servivo freddo nero su bianco, gira e rigira era sempre la stessa musica, gonfia di indignazione, che scandiva senza scalfirli, i pessimi avvenimenti isolani. In un sussulto di vanità, o di delirio narcisistico, confezionai pesanti sacchetti neri pieni di parole, inchieste articoli servizi corsivi, e li consegnai con sollievo alla spazzatura cittadina. Era il 1980 e – oplà – il più della vita era trascorso.

Alla quarta reincarnazione, che secondo me è la migliore, sono una signora ultracinquantenne, ogni mattina brevemente in giro nel ghetto degli indigeni, compro con parsimonia, ho il terrore d'avere rotta la scapola o l'anca per uno scippo, trabocco di bei sentimenti e mi godo la vita, scialacquando in beni senza prezzo sul mercato: un bagno di mare alle otto di sera, uno Stravinskij fino all'ossessione, ibiscus rosa grandi come stelle coltivati in terrazza, leggere di geografia con Emanuele, passeggiare con Mars su stradelle erbose, profumi della campagna, piaceri dei sensi, chiusura a riccio. Mi sento molto siciliana.

Ma dacché il pubblico è privato quanto il privato è pubblico le cose non vanno così lisce, accuso sindrome civile: più sale il livello personale interiore più risento sproporzionatamente della desolazione, della sporcizia, dei morti, dei crolli, sento nell'aria come una chiamata di correo. E non è più nemmeno questione di miseria, anche se esiste e resiste: mai tanta carne, mai tanti vestiti, mai tante auto. Palermo cresce nervosa e cupa. Ora il polso della città l'avevo per interposta persona, me lo dava Marta con le storie rivoltanti del suo ospedale, o Giuditta con le storie deprimenti del suo ufficio, o altri: dappertutto si consumavano delitti civili efferati silenziosi collettivi, di quelli che non arrivano alle prime pagine dei giornali.

Ormai vivevo in un cosmo ridotto sul quale si infrangevano al mattino i quotidiani con la carica catastrofica e appassionante delle vicende pubbliche, col diluvio di iperinformazione, e nel quale gli avvenimenti veri e propri erano costituiti da quel viaggio, quel libro, quella pianta, oppure erano solo spirituali, avventure modeste, a volte misere, a volte trionfali, dell'umore, del pensiero, dei sentimenti.

Uscivo poco e malvolentieri, battevo e volevo battere tutti i record di non-presenzialismo, perché la città è ricca sfondata di iniziative – tanto paga la Regione! – ma al rapido giro di ogni mattina non volevo rinunciare benché sapessi a memoria tutto ciò che avrei visto: il cieco canuto e ben vestito condotto per mano da un bambino che le auto sfiorano in volata senza che nessuno si prenda cura di farli attraversare, il pazzo con la pancia nuda messo in giro dalla 180, le vetrine del consumismo per poveracci che scelgono insegne come «cheap boys» o «slam» in preda al continuo trambusto per fallimenti fasulli e svendite, il fioraio gentilissimo che intreccia sontuose corone per i defunti, le due sorelle dementi che gridano e ciabattano, le facce giovani e ribalde degli scippatori, fermi ma scattanti all'imbocco dei vicoli, i marciapiedi sconquassati, gli orologi fermi all'ora X, anche quello del Municipio, i tunisini in cerca di locanda e di fronte alla mia casa, nel palazzo dove Emma Salvo di Pietraganzili declamava Goethe in tedesco, le puttane che arringano e chiamano i passanti, sporgendosi dal balcone drappeggiato, come tutti gli altri, dalla striscia di tela che serve a celare le gambe, detta «gelosia».

Avrei visto inoltre i muri lerci segnati dall'orina a una certa altezza e poco più su coperti di manifesti che annunciano un perenne diluvio di aria fritta, convegni seminari congressi dibattiti tavole rotonde conferenze incontri, o anche lutti esecrandi dell'ultima personalità uccisa e del trigesimo di quella uccisa in precedenza, o annunciano cantanti rock, concerti e svendite, mostre di pittori e formaggini.

Avrei visto il fornaio asmatico, il tabaccaio ingrugnito, il negozio di strumenti musicali rimasto come un fossile nella pietra, e se proprio c'era qualche novità da registrare poteva trattarsi di una poltrona sfondata, di un materasso incredibile, di una cucina inservibile poggiati sul letamaio dell'angolo in attesa dell'amatore che arriva, dategli tempo che arriva.

A volte allungavo il giro deviando a monte, verso piazza Casaprofessa – vestiti usati – o a valle verso via Calderai, ultimo tripudio di artigiani, qualche volta portavo Emanuele a cavalcare i grandi leoni di marmo grigio della piazza Pretoria. Quasi sempre si intrecciava un dialogo involontario in cui cercavo di stabilire chi avesse rovinato chi, se io il quartiere, posto che ci stavo da sempre e una mano alla sua rovina dovevo averla pur data, o se il quartiere me, posto che in ogni pietra e in ogni comportamento lo giudicavo ormai irrecuperabile e della sua sorte, santo cielo, non facciamone un dramma greco, ma scivolavo in un malumore che mi induceva a rientrare rapidamente a casa.

Eppure non mancava gente che arrivava e ripartiva dicendo: «Oh, Palermo! È così bella!».

Magnifica. Ma a chi mi avesse chiesto perché il centro storico fosse in quelle condizioni – e tante volte mi veniva chiesto – sapevo sempre meno cosa rispondere. Sempre meno mi accontentavo della risposta di fondo, quella che in ogni scompartimento di treno, nei bar nei negozi e negli uffici si leva puntuale e incontrastata a spegnere qualsiasi discussione, incanalandola contro un muro, che si parli di autobus o di un Caravaggio rubato: manca la volontà politica. Vero. Ma così uscivamo tutti assolti sempre, e alla gogna i politici: potenza di una formula capace di chiudere ogni dibattito a basso a medio e ad alto livello, ogni divergenza tra cittadini che protestano, tra sindacati e imprenditori, tra agricoltori e alti funzionari della CEE, con piena soddisfazione di entrambe le parti sopraffatte dal richiamo all'entità misteriosa lontana e incontrollabile, che piove dall'alto, ora crudele ora misericordiosa, oggi potente quanto e forse più della volontà divina. A dire il vero l'aveva sostituita in pieno.

In anni in cui si sprecava in tutti i sensi – anche nel senso che va perdendo senso – la parola «partecipazione», davvero il cittadino era solo vittima o beneficiario? A Como a Varese a Belluno la volontà politica non è la stessa? E perché la qualità della vita lì è migliore? Boh, è così.

Di tutto questo parlavamo la sera, rifugiati nella piccola terrazza folta di felci, dominata dal campanile elegante, tardo settecentesco, superbo nei suoi conci giallo sabbia, sormontato da una cupola svelta a scaglie verde mare, piazzata su una base di rosa sbiadito. Su in alto la campana maestosa, dal rimbombo lunghissimo, cupo e balsamico come un Bach all'organo, di una solennità sproporzionata al modesto e previsto annuncio di un mezzogiorno accecante o di un imbrunire popolato di gazze colombi e pipistrelli. I bambini della quinta generazione imparavano a dire «boom» e «doon» prima ancora che a dire pappa, da finestre e balconi il fragore dilagava lento e possente dentro le stanze di tutti i piani. Ci si abitua.

Vivevamo accerchiati da un arcipelago di macerie che solo l'ottimismo può definire intatte dopo quarant'anni dalla seconda guerra mondiale: nuove erano vive del dramma appena consumato e sembrava avessero un avvenire, erano tremende ma transitorie, così pensavamo, oggi sono spettri immondi, pattumiere, piani pensili d'erbacce, tane, antri dove si scopre un ragazzino senza nome strangolato e bruciato: eccolo il loro avvenire, nel presente rivoltante.

Ma ci si abitua. Potrei giurare che oggi la campana a mezzogiorno non ha suonato, potrei giurare che oggi non c'erano macerie sul mio percorso, non le ho viste.

Quanto alle nostre, le avevamo camuffate sin dall'inizio sontuosamente, di serpentina tenace, di rampicanti che certo hanno trovato le «acque abbondanti e cristalline» delle grotte sotterranee di cui parla l'Inveges, per cui hanno messo su tronchi robusti e si arrampicano fino al terzo piano a svellere le tegole. Fu una toilette perfetta. «Les jardins de Babylone!» esclamò una sera un amico francese di fronte a questa cascata di verde. E il nome rimase.

Oggi Giulia e Caterina si affacciano sul mare di verde intenso che ci separa appena dalla piazza Santissimi Quaranta Martiri con la sua fastosa bifora quattrocentesca e tre balconcini diruti che, si dice, appartennero alla sede dell'Inquisizione: dal «vetri all'ingrosso» sale un continuo acciottolio di frantumi e nell'intera piazza si celebra un tripudio perenne e minaccioso di fracassi, risse, grida, antifurto d'auto che scattano, partite di calcio, radioline a tutto volume, ingorghi di auto che si fronteggiano perché tutti imboccano il senso vietato, urla di donne scippate all'angolo con via Maqueda, si direbbero gli echi di tribù in guerra tra loro, contro tutti, normale colonna sonora.

Lo straniero trasecola, noi ci badiamo appena. Come gli esploratori inglesi della vignetta tra un fitto di lance di cannibali mentre il pentolone già bolle, diciamo che «gli indigeni sono un po' inquieti stasera». Galleggiamo su un guscio di noce.

Viviamo frettolosi e scontenti, la coscienza civile rattrappita e compressa che cerca, come l'acqua, una strada tra muri spessi.

Seduti in terrazza tentavamo di raccontare col senno di poi l'amore e il disamore e il danno reciproco e il fallimento di ogni intesa tra noi cittadini e la nostra città scellerata, cercavamo di capire che guerra dei trent'anni era quella che avevamo perduto e perché, che malattia ci rode tutti, frange di classe dirigente civilmente affranta.

La guerra dei trent'anni: continuammo a parlarne a lungo, io Mars e Rocchi, ancora nell'inverno 1979-80, quando, quando già la morte era tema presente e divorante: vino freddo, qualche gelato, molte sigarette, discorsi smagati pacati razionali, ma il cuore anziché battere all'impazzata pareva perdesse colpi, smorzando, non esaltando, l'emozione delle cose che andavamo dicendo. Mars con le mani ferite, me lo ricordo battere a macchina i suoi articoli, la sera, mentre impazza Bela Bartok o langue Mahler, con cinque, anche sei polpastrelli avvolti nel cerotto.

Nemmeno il discorso sulla morte riuscì a interrompere tra noi tre quell'unico discorso politico sociale civile durato trent'anni, nel quale le vicende quotidiane si incastonavano a conferma, testimonianza e documento dell'inquietante contesto locale, costituivano frammenti, suggeriti ora da una puntata all'università, all'ufficio gas, all'assessorato per una qualche pratica, un racconto di qualcuno esasperato, un discorso in un bar, un editoriale o un saggio: tutto ci ributtava in continua risacca sui grandi irrisolti temi meridionali, sugli angosciosi perché del socialismo reale, sugli oscuri risvolti del potere al Pentagono e al Cremlino, e, qui e ora, al Municipio di Palermo.

«La storia si scrive – penna nella vena del polso – col sangue» e con molto sangue la scrivevano infatti sotto i nostri occhi il Pentagono, il Cremlino e la mafia di Palermo, e ogni cosa nelle analisi del nostro amico trovava almeno un tentativo di spiegazione.

Vivevamo da miliardari squattrinati (un ossimoro indispensabile) dentro una città di cui non decifravamo più bene la realtà, un parassitismo redditizio e spendereccio non ci faceva più capire se i siciliani siamo dei poveri molto ricchi o dei ricchi molto poveri. Una vita cittadina quasi allegra, piena di buona musica e delle già dette iniziative culturali, punteggiata da delitti col morto e le foto in prima pagina e da delitti silenziosi non meno spettacolari contro la città e contro i cittadini scontenti, estranei, acquiescenti.

Se i nuovi ricchi, circondati dai loro gorilla, vivevano appartati e quasi sconosciuti, il nuovo ceto medio, di piccolo taglio, esibiva invece felice tutte le sue conquiste, così recenti e appaganti, per cui anche l'ascensore costituiva promozione sociale dopo che catoi a piano terra avevano condannato come «gente bassa» intere generazioni. E se era soltanto ameno vedere accoppiare tanto denaro a tanta ignoranza, incontrare gente che tornava dal viaggio organizzato senza nemmeno sapere i nomi delle tappe compiute, o che aggirava il tappeto come si fa con una pozzanghera (era capitato a Giuditta, a casa di una compagna di scuola, calpestarne uno provocando il grido allarmato di una bambina di casa: «guarda, sta camminando sul tappeto!» cosa che tutti evitavano di fare) o gente che affermava soddisfatta di avere ammirato le cupole arabe di Filumena Marturano, era comunque rassicurante sapere che travet lisi e a stecchetto non ce n'erano più e sembrava che chiunque, con poche ore di lavoro o solo una firma in ufficio e poi un secondo lavoro – quale sicula pigrizia? – potesse avere casa in città e casa al mare, auto per sé e per i figli, roulotte e frigorifero pieno.

Così come era confortante sapere che i figli dei contadini e degli artigiani di mezza Sicilia affittavano tutte le case sfitte e pericolanti del centro storico e andavano all'università, con selezione e sacrificio, sì, ma niente paragonabile, nemmeno alla lontana, a quello spasimo totale, a quella suspense di ogni raccolto di grano o di fave, vissuta alla metà degli anni '50 per fare studiare un ragazzino introverso e intelligente come Salvatore, per farlo sopravvivere nelle infime locande di piazza Magione senza spese superflue: dai suoi undici anni ai suoi ventuno non fu mai possibile riparare il buco dell'incisivo superiore saltato con un colpo di pallone.

E se era confortante constatare che dai tuguri di un solo vano erano uscite famiglie di dodici o tredici persone per andare, a volte dopo lotte strenue e occupazioni, a volte solo per raccomandazione, ad abitare i grandi quartieri satellite ricchi di aria e sforniti di tutto, pure una visita in auto a questi spettrali quartieri li mostrava debordanti di falso benessere e di autentica miseria e ciò che in un tugurio era considerato inevitabile prodotto dell'ambiente, in tre o quattro stanze più servizi e tv color non lo era più (dall'incesto all'orinare sui muri della propria scala al legare i bambini con catene al piede del letto all'accoltellare la moglie per un sospetto) mentre l'unica istituzione presente, la scuola, costituiva bersaglio di continue spedizioni punitive per bruciare i registri, fare a pezzi i banchi, tagliare le gomme alle auto degli insegnanti, oppure sassaiola ad oltranza contro tutti i vetri, fino all'ultima scheggia. Miseria della teppa giovanissima e spavalda, ma anche miseria della preside che dichiarava compunta al giornale: «Non sono maturi per avere la scuola», che sembra il problema se nasce prima l'uovo o la gallina.

In quei quartieri rombavano le Honda e le Kawasaki dell'ultima leva di spacciatori di droga, ragazzini resi ribaldi dalle disuguaglianze di accesso ai consumi, imbarbariti dalla violenza dei polizieschi televisivi, ma assai di più da quella che sperimentavano ogni giorno fuori dal video, decisi a prendersi ciò che non avevano calando fulminei in città per scippi e rapine, tutt'uno con i coetanei rimasti nei vicoli.

E se era interessante calcolare quante decine di migliaia di siciliani dell'interno erano venuti a inurbarsi, e stabilire, a seconda della provenienza e dell'epoca del loro trasferimento, quale cerchia o cosca clientelare li avesse catturati, se questo o quell'assessore della provincia di Agrigento, se questo o quel presidente della Regione di Enna o di Caltanissetta, era anche deprimente ma storicamente logico constatare come e quanto ritenessero bella la bruttissima zona della città che abitavano, il quartiere residenziale dei bianchi, dove palazzoni strade marciapiedi e spazi, quanto a posizione dimensione funzionalità gusto assetto urbanistico comodità e senso civico obbedivano all'unico criterio supremo e rigoroso della speculazione. O perché giunti da un paesuzzo dell'interno o perché usciti dal centro storico maledicendolo, non vi era motivo alcuno perché onesti cittadini considerassero affare loro, loro cultura, loro disdoro le statue fracassate, le panchine di marmo divelte sotto l'ombra di magnolie centenarie, l'insegna al neon sul portale normanno, le fughe di stanze traballanti che finivano in un tonfo, le facciate irripetibili e devastate di piazza Bologni, gli androni sontuosi e lerci di via Alloro.

Gli abitanti nuovi di Palermo si portavano dietro storie secolari di sopraffazioni e di rapine, l'odiata corrotta capitale era stata sede e sollazzo dei loro padroni, principi e feudatari, ora volevano una città a loro immagine e somiglianza, non vi era motivo alcuno perché dovessero riconoscersi in vecchie pietre, anzi sembrava volessero cancellare come spregevole ogni traccia di quel passato che agonizzava a quattro chilometri da via Lazio.

Il centro storico lo scoprivo ogni giorno più incattivito, meschino, infelice. Famiglie, ditte, negozi continuavano a sciamare lontano. Era condannato, e quando si parlava del suo avvenire non prestavamo nemmeno orecchio: da 35 anni si favoleggiava di risanamento.

Perché ostinati, resistevamo? All'uscita dal cinema, dalla riunione, dal teatro non trovi mai un passaggio, tutti filano verso nord est o nord ovest, verso la città nuova e solida, per cui concludevo che pazzi eravamo noi, rimasti a torcerci le budella sulle rovine. Eravamo pochissimi: gente che forse ne faceva una questione di pigrizia, o di malintesa cultura, o di radici, o di denaro, ma che avrebbe pagato un prezzo pur di non ritrovarsi in una via De Gasperi o in una via UD 123. Le due città convivevano estranee e contigue. Se percorrendole inforcavo gli occhiali e l'euforia del turista, osservavo le brutture con uno slancio di ottimismo effimero, suvvìa, mi esortavo, ecco il colore locale, ecco l'esotico, non facciamone un dramma, prendiamoci il meglio.

Ma quale era questo meglio non lo sapevo più. Il clima? Cominciava a darmi sui nervi, a me, che un giorno sotto la neve, uscendo allegri dallo zoo di Berlino, io e Mars a braccetto, per poco non piangevo alla sola ipotesi sventurata di dover rimanere lì per sempre, per una qualche inesorabile condanna: la stessa, per esempio, di quella inflitta a un milione di emigrati meridionali. Questo mi rafforzava nella convinzione maturata lentamente: i siciliani migliori se ne sono andati o se ne vanno, chi resta è scoglionato.

Vivevamo dentro una città di cui non decifravamo più bene la realtà politica: come cresce di cinque punti, dal 41 al 46 per cento, nel 1980, il premio e il consenso dei palermitani a una banda di affaristi camuffati da amministratori? Né la mafia né il clientelismo costituivano più una spiegazione esauriente, né bastava buttare la croce, come si suole fare, addosso alla sinistra: bisognava indagare sul consenso serio e profondo, sull'affinità elettiva stabilitasi tra governati e governanti, ma nessuno ne era capace.

Se vecchiaia, mi dicevo, è non afferrare la realtà intorno, bene, eravamo davvero vecchi, per giunta con lo sgomento di non avere giovani che ci dessero chiavi nuove, elaborazioni, studi e saggi, ipotesi e scoperte, analisi del potere che fornissero uno straccio di spiegazione. Restava sancito il fatto che la città torrida in estate dovesse rimanere senz'acqua in intere zone, che il costume imperante fosse di corruzione e di mafia, che si verificassero avvicendamenti osceni, via il nobile filologo avanti il traffichino comunale, che fosse inesistente o degradata la qualità della vita e dei servizi, che si infierisse con cento sfregi sulla città.

«Ma questa non è una città – diceva Rocchi – è un insediamento, città è cosa diversa».

Colpa del potere, d'accordo. Della mafia, d'accordo. Ma possibile che noi siamo sempre vittime innocenti? Le nostre personali carenze e strafottenze andavano rimosse? A Como a Varese o a Belluno il cittadino non butta per strada i rifiuti o l'impiegato allo sportello non è villano soltanto perché lì non c'è la mafia? Qualcosa non quadrava.

«Vieni vieni che *atturriamo*» telefonavo io a Rocchi, quando in pochi giorni si accumulavano tante cose da dire, quando un assassinio inaudito scatenava una tempesta di interrogativi. *Atturrare*, secondo il vocabolario Traina edito da Rocchi in reprint, è «porre le cose al fuoco sì che secchino e non ardano e non cuociano» e nel senso traslato e comune del dialetto è il rimestare e ripestare, magari fastidiosamente, un argomento. *Atturravamo* con passione e divertimento.

C'erano sere in cui Rocchi esordiva solenne: «Il pazzo non è pazzo», perché tante volte avevamo giudicato da pazzo le audaci connessioni che andava formulando (fantapolitica, demonologia, dietrismo!) ma impensate conferme arrivavano a volte e i frammenti del puzzle si incastravano serrati nel vasto e tenebroso affresco del potere.

Più i frammenti combaciavano e meno il pazzo era pazzo: ravvisava gli agenti sovietici tra comunisti noti, li trovava in perfetta sintonia di intenti con quelli della CIA, e perché no? tripla carica nel PCI, nel KGB e nella CIA; intravedeva il partito americano col quale stare schierati, contro quello sovietico, all'interno della direzione comunista, al tempo in cui ipotesi del genere non erano oggetto né di articoli e nemmeno di discorsi; giudicava Palermo come punto nodale di ogni scelta, dall'elezione del presidente USA all'ascesa e caduta di Sindona, al prezzo dell'eroina; calcolava il numero dei telefoni sorvegliati in Italia negli anni '70 e gli piaceva dimostrare che c'eravamo tutti; enumerava, conti alla mano, quanti giornalisti, in forme più o meno eleganti, prendono soldi dall'est e dall'ovest; considerava la mafia roba seria d'esportazione, affermata nel mondo come il whisky scozzese, per il resto importiamo tutto; faceva i conti in tasca al pasticcere alla moda, che ha esagerato nelle spese di rinnovo, individuando il puzzo d'eroina; tentava l'elenco dei dieci cervelli che in Italia pensano, sanno, tengono fila e contatti e tra questi ci metteva Paolo Bufalini, forse sopravvalutandolo, forse vedendo giusto; passava infine in rassegna tutti i regimi degli stati che si affacciano sul Mediterraneo, concludendo che il nostro, e Palermo in particolare, la perla, era il migliore dei mondi possibile. E più gli davamo del pazzo del paranoico del siculocentrico più si scatenava nel paradosso, più arrivavano, inattese e incontrovertibili, alcune conferme ad alcune sue ipotesi. Perché l'ipotesi peggiore, aveva scritto Tomasi di Lampedusa, è quella vera, e Rocchi ripeteva sempre questa frase.

Con costanza portavamo avanti il nostro dibattito in formato minuscolo e riservato e nulla ci divise tanto quanto il compromesso storico: visto dal fondo del pozzo, dalla Palermo di Ciancimino, non ci capivo più niente. Chi doveva rompersi le corna in questa operazione? Per me la DC era una banda tutta solidale, cui avevamo teso una mano, a risollevarla, quando nel '75 si era trovata finalmente in difficoltà. Qui Rocchi si infuriava: cominciava con finta pazienza, continuava con ira repressa, finiva a vociate. Partiva da Yalta e da Salerno, dalla monarchia che non era stata messa in discussione fino al referendum, dall'amnistia verso i fascisti con Togliatti guardasigilli, gridava che questo è il prezzo dell'unità, questa è la via italiana, e che quindi ero settaria stalinista antica vecchia e moralista.

E storicizza oggi e storicizza domani andò a finire che l'unica logica conclusione – tutti i gradini della scala sono logici, ma la scala dove porta? – di questa fase politica nazionale e internazionale comportava, di fatto, l'abbandono di questo sud in cui vivevamo.

«Io procedo per grandi schemi» annunciava Rocchi, e noi a dirgli no, non cominciare dai dinosauri e dalla prima glaciazione e invece no, puntiglioso, il discorso più terra terra e circoscritto doveva partire dall'ombrello atomico, dall'equilibrio del terrore, dalle necessità del capitalismo americano e dell'imperialismo sovietico, sennò non vale, sennò non ci capiamo, e scendere giù giù fino al reparto maternità che non funziona o fino al Teatro Massimo chiuso da tanti anni, o all'ultimo *curtigghio* culturalpolitico.

Più penoso era il discorso su di noi, sul nostro modo d'essere senza ambizione né faccenda alcuna, noi in campagna lui in barca, le professioni ridotte al minimo per sopravvivere da miliardari squattrinati, Guicciardini sbandierato come modello e alibi, grande placard nel nostro studio e uno identico nel suo, scritto in bella calligrafia da Gabbi, fotocopiato e distribuito da Rocchi agli amici:

«...i libri sono pieni delle lodi della tranquillità e dell'ozio onesto, né io chiamo quest'ozio il far niente, ma il non essere obbligato da ambizione e faccenda alcuna. Attendere invece quando si vuole alle lettere, all'agricoltura. Conversare e ragionare virtuosamente con gli amici, né alienarsi del tutto dalla vita civile, ma esserci dentro libero sicuro e con dignità».

Non ci eravamo alienati del tutto dalla vita civile, ma non ci stavamo dentro né liberi né sicuri né, mi pareva, con gran dignità. Rocchi, pur con siculi astratti furori, lavorava due mesi all'anno, pubblicava uno o due libri, rastrellava soldi e se la spassava tranquillo. Io preferivo appassionarmi all'avventura umana della quinta generazione, introducendogli il tirannosauro e Livingstone, Persefone e Darwin, Ulisse Gagarin e *boys and girls come out to play*, anziché fare la giornalista, mi ero anche coniata il comandamento «pensa a quello che scrivi, non scrivere quello che pensi». Mars con distacco, certo il più in pace con se stesso, preferiva potare un susino e contemporaneamente scrivere di mafia.

Quando Guicciardini scrisse quel brano era già caduto in disgrazia presso i Medici. Noi, quando lo scegliemmo, presso chi se non presso noi stessi eravamo caduti in disgrazia? Boh. Era andata così.

Una fortunata coincidenza di fughe di tetti e capricci di costruzioni e distruzioni rendeva la nostra piccola terrazza ventilata e silenziosa. Ma il silenzio della sera d'estate era rotto a ogni momento da tonfi secchi come fucilate. Salvo che dai tre balconcini cadenti e disabitati dell'Inquisizione, da finestre e balconi tutto intorno alla piazza piovevano, si spiaccicavano, si spaccavano i sacchetti neri della spazzatura, coi loro resti immondi, a volte con fragore di vetri (bottiglia di latte o lampadina fusa) a volte con rumore di metallo (scatola di pelati o lattina di olio di semi). Era schifoso. Solo Mario il trapanese, sbrigativo e bastiancontrario, diceva: «esagerati, come vi avvilite per un poco di *munnizza*...». Una sera Gabbi balzò in piedi, di scatto e senza preavviso, rispondendo all'ennesimo tonfo con un «Porco! Porco!» così squillante e lacerante che ancora rido a pensarci e mi aggrappai a lei supplicandola di stare zitta, perché mentre il porco non avrebbe capito nulla, anzi si sarebbe stupito ad apprendere che gli si rimproverava qualcosa, chiunque avrebbe invece capito che in casa nostra c'era una rissa uguale a quelle che sentivamo così spesso salire dalla piazza.

Atturravamo fino a tardissima sera. Parole e vino in quantità. All'indomani Mars è un fiore e io, astemia, uno straccio, con la sensazione di un'orgia di temi inquietanti alle spalle.

No, io la sera non mi divertivo. E sì che grazie ai motti tendenziosi di tipo ostile le costole facevano male dal gran ridere, Mars doveva togliersi gli occhiali e asciugarsi gli occhi, di Mariapia si vedevano i bei denti, Aldo sobbalzava sommesso, Giuditta sembrava affogarsi, Dome si piegava in due e Beatrice rideva a gola piena.

Ma ora nel ricordo le risate impallidiscono e affiora l'essenza amara: senso di chiacchiera appassionata e inutile, percezione di orizzonti che andavano chiudendosi uno dopo l'altro, un senso di lontana provincia (lontana da che?), un rimpianto che riconobbi tale molto tardi e con difficoltà: nostalgia di cose sfiorate in brevi soggiorni, desiderio di un paese freddo, pulito, industriale, inquinato, efficiente e grigio, e soprattutto nostalgia di vivere in una società in ascesa, che costruisce se stessa col concorso di tutti, che usufruisce di spinte interne vigorose e rigorose. Maledetto moralismo.

Meglio, pensavo, provare nostalgia anziché vergogna, meglio venirci in vacanza e dare la colpa a chi ci sta, meglio non sedere sulle spine ogni qualvolta ti si chiede conto della città splendida ridotta così o dell'intelligenza in disarmo che prevale solo se criminale o se lontana da qui.

Meglio, pensavo, evitare tutti questi che arrivano, che fanno dieci domande in una, studiosi o cineasti, amici o inviati speciali, verso cui Mars è sempre disponibile, pronto a rispondere a tutto, cominciando dai Sicani e dagli Elimi, di striscio Empedocle e Carlo V per arrivare alla cosca di Ciaculli contro la cosca di Carini e al ladruncolo giustiziato.

Ero proprio stufa.

Ora il succo di tante serate allegre in cui avevamo imparato a ridere di noi e dei nostri guai era diventato amaro. Perché era amaro che al gusto di fare politica si fosse sostituito il gusto di parlare di politica, discorsi *di cafè*, e spesso quando Rocchi concludeva «ora che abbiamo aggiustato il mondo col ginocchio andiamo a rivedere le famiglie» mi sentivo avvocato e farmacista di paese: quello storico abisso tra il dire e il fare, quello iato su cui sono state scritte tante pagine illustri, eccolo qui, e senza rimedio.

Stavamo ai margini, spettatori di prima fila, senza più nessuna possibilità di modificare il copione, esponenti di una mancata classe dirigente (clamoroso nonsenso! se mancata, non è tale!) sconfitta da molti nemici esterni, cui aveva dato una mano, dal di dentro, il nostro modo e nodo d'essere.

D'accordo. Ma malgrado l'ammirazione e la compassione che mi ispiravano i compagni rimasti a fare politica isolana alla maniera vecchia in un contesto nuovo, ingrigiti nelle riunioni, non mi sarei cambiata con loro, non volevo essere il tenente Drogo del deserto dei tartari siciliano.

Stringi, mia cara, stringi, mi dico, non lasciarti prendere la mano dagli sproloqui mentre l'amico va a morire. Va a morire nel mio racconto, mi rispondo, per me è già morto e ho percorso ancora tanta strada: massicciata e pietrisco l'avevamo buttato insieme, ora io passo lucido asfalto sulla strada della comprensione, e leggo e rileggo la lettera che Francesco Orlando scrive da Pisa a me e Mars:

> ...il mio incorreggibile razionalismo tende forse a sopravvalutare l'importanza del capire e non devo dimenticare mai che si può capire, far capire ad altri, e tuttavia lasciare le cose tragicamente come sono. Ma nessuno mi leva dalla testa che capire è condizione, sufficiente no, necessaria sì.

Capisco. Nel 1983 capisco che non esiste città o cittadina o villaggio d'Europa che possa vantare – senza golpe, senza eserciti in armi, né assedio e irruzione entro le mura – l'intero establishment politico burocratico militarpoliziesco massacrato: capo della procura, vice questore, capo dell'opposizione, capo della regione, medico legale, generale prefetto.

In quest'era nostra forse è accaduto – ma non è detto – in qualche villaggio georgiano sotto Stalin, forse accade – non sappiamo con precisione – in qualche Macondo dell'America centrale o meridionale, forse, supponiamo, in qualche insediamento del centro dell'Africa. In Europa, nazismo eccettuato, non accade, credo, da oltre due secoli.

Perché ciò accada impunemente, senza che scoppi una guerra civile, senza che si ritenga tutto concluso con solenni funerali, occorre un consenso di massa interiore e profondo: può darsi che senza saperlo e senza volerlo noi siciliani, pur esecrando e manifestando, consentiamo in fondo con la mafia, modello vincente, borghesia nascente?

Se così fosse, sento affiorare qualcosa dal profondo, dai più riposti pensieri, sento che non so dare torto, come vorrei, alla mano ignota che scrive immenso sui cavalcavia dell'autostrada per Venezia «Forza Etna» mentre il vulcano erutta milioni di metri cubi di lava «la Sicilia è tutta tua».

Ora vorrei essere marchigiana o milanese, nordista e separatista per mollare quest'isola; ora vorrei sapermi difendere meglio da tentazioni antropologiche, autorazzismo, disagio di viaggiare con l'auto targata PA, in Umbria o in Toscana, dove devo prevenire la inevitabile battuta, e dirlo prima io, sìì, siamo proprio dei siciliani mafiosi, e senza rimedio.

Perché? Perché due non fanno tre, vorrei rispondere, asciutta secca e terribilmente stufa.

Capitolo V
La morte

Del periodo terminale mi è rimasta l'agenda dell'amico, che in ogni pagina è un susseguirsi di nomi in colonna, amici, telefonate da fare, conti di tipografia, banche, litografie di Guttuso date in vendita e da recuperare, faccende casalinghe come elettricista o bombole di gas per le stufe che spalleggiavano i termosifoni tenuti al minimo dal condominio. All'inizio ricorrono sempre gli stessi nomi, poi si perdono per strada, come si perde il «definire questo» e «definire quell'altro», pendenze di ogni tipo, dalle più impegnative alle più irrilevanti, come scompaiono a un certo punto le tracce di visite in banca e appuntamenti col notaio e consulti con Gino Nando Nino, per lasciare posto alla fine a un solo nome, l'unico, scritto quasi ogni giorno, il nome dell'interlocutore estremo, dopo di che c'è il nulla.

Sfoglio e risfoglio l'agenda. Mi ci è voluto un bel po' di tempo prima di lasciare decantare e depositare al fondo l'emotività che intorbida e appanna, prima di leggerla freddamente, analiticamente, intravedendone a poco a poco le fasi, ricostruendone le tappe, riconoscendo i netti periodi, uno se ne chiude e un altro se ne apre, tutti i gradini della scala sono logici, ma la scala dove porta? Questa volta sappiamo dove porta.

La lettura dell'agenda di questi mesi, solo nomi orari e appunti, non sarebbe in grado, a un occhio pur affettuoso e attento, di testimoniare anche minimamente quel che andava accadendo: il massimo che in essa si trova sono monosillabi, qua e là, che dicono solo «scintigrafia» oppure «lasix», un diuretico che prendeva, oppure una semplice T, che significa che Ermanno era andato a fargli l'iniezione, o solo «toracentesi».

L'agenda costituisce invece per me e per Mars, che eravamo ogni giorno con lui, come un fluente pacato racconto in cui il nostro amico, sempre tacciato di pasticcione e disordinato, diventa scrupoloso ordinatissimo amministratore ragioniere e ingegnere della sua morte, in cui al nostro amico, sempre tacciato d'enfasi, non sfugge una parola in più, o, che so, un punto esclamativo, in cui infine, e questo è l'inevitabile che spezza il cuore – a noi che eravamo ogni sera *da* lui, ma fino a che punto *con* lui? – ciascuno muore solo, e le ultime pagine, completamente bianche, in cui spicca isolato il nome dell'interlocutore estremo che andava a trovarlo, sono appunto quelle di un uomo solo con la sua morte.

Sul breve periodo di sospensione della pena seguito al controllo svizzero di dicembre qualcuno si era un po' illuso, forse, ma non Rocchi, che sempre più spesso, dopo un gran sonno del pomeriggio, gradiva essere lasciato in santa pace, e sì, leggeva i giornali con la solita puntigliosa attenzione, ma anche rifletteva, meditava, prendeva decisioni, si consultava, riordinava carte, e sempre più spesso, quando la sera gli chiedevo «che hai fatto?» rispondeva «preparo il dopo-Roxas».

Se la prima volta provai come un'onda d'urto, tra gola e petto, quel che si dice il fiato mozzo, pure mi abituai rapidamente. Sull'agenda trovo conferma che mai si illuse su una dilazione, se il dopo-Roxas era per lui così a buon punto che il 9 gennaio, prima ancora della scintigrafia che sanciva l'inarrestabile estensione del tumore, scrive: «ore 17 notaio» e sotto «contratto casa»: con un espediente e due firme il suo attico passava di mano.

Il 27 febbraio scrive: «ore 11.30 notaio» e sotto «Santelia – fatto contratto», con altro espediente e due firme il suo elegante Swan 37, la barca a vela che adorava, passava a me e a Mars, che mai l'avevamo vista, con l'incarico di venderla, poi, poi, più tardi, perché ne avremmo avuto quella *largasìa* o larghezza che lui voleva avessimo per merito suo. E lo stesso 27 febbraio, compiuta questa struggente alienazione, segna sull'agenda «fiori provviste chiavi di casa» in seguito a suo riflettere e concludere che Mars dovesse assolutamente avere le chiavi di casa per il momento in cui... «non potrò aprirti».

Quella stessa densa giornata andiamo in gita tutti e tre, in campagna da noi, e non stava male, decisamente non stava male, godeva pienamente il sole i fiori i colori i profumi e mangiammo all'aperto nel piccolo patio, in una giornata che era già primavera.

Accanto alle date culminanti, in cui si libera dei suoi beni più seri, accumulati malgrado fosse una cicala e mai una formica, era ogni giorno un fitto di nomi e telefonate: tipografia, banche, foto Scafidi, litografie, mutuo, vedere copertina, preventivo foto e preventivo testo e colloqui con Renato e Salvatore perché – quasi una civetteria, in realtà un'àncora buttata ai fondali della vita per tenersi fermo concreto e mondanamente occupato – pensava a un nuovo libro da lanciare, o meglio, diceva, da avviare, poi «se lo lancia chi vuole, io non ci sarò».

Con la gita in campagna del 27 febbraio il primo periodo si chiude. Scompaiono dall'agenda banche e notai, scompare Lazzara, scompare Adriana la sua segretaria e certi nomi di persone che non conoscevamo e che appartenevano alla sfera del lavoro, cui da molti anni si studiava di dedicare il minimo possibile del suo tempo. Scrive invece due lettere, solo due, una a don Renato un prete lombardo – o veneto?– che aveva conosciuto tramite amici e che avrebbe voluto farci conoscere, ma poiché stava su al nord, non ce ne fu mai il tempo.

Parafrasando passo passo ora Shakespeare (*Giulio Cesare*, *Amleto*, *Macbeth*) ora Manzoni (*I promessi sposi*) e giocando lui a essere prima Cesare poi don Rodrigo, e chiamando don Renato fra' Cristoforo, scrive:

...e Calogero disse: «Cosa mai si può evitare se sia voluto dagli dei onnipotenti?». E Calpurnia chiese: «Quando muoiono i mendichi non si vedono comete per i cieli. Tutto questo proclama la morte dei calogeri». E Calogero rispose: «I vigliacchi muoiono molte volte innanzi di morire, mentre i coraggiosi provano il gusto della morte una volta sola. Di tutte le cose straordinarie delle quali finora ho udito, la più bizzarra mi sembra proprio la paura che gli uomini hanno della morte, dal momento che morte, fine necessaria, verrà per tutti quando verrà».

...e si riunirono le streghe e con radiografie scintigrafie e biopsie e broncoscopie e gesti magici emisero alte strida e rincorrendosi tra Palermo e Losanna gridarono: filetto di una biscia di palude bolli e cuociti, occhio di ramarro e dito di ranocchia e pelo di pipistrello, zampa di lucertola e ala di gufo... fate che la miscela sia densa e aggiungete agli ingredienti anche le budella di una tigre... E gridarono ancora: raddoppia fatica raddoppia travaglio e tu o fuoco betatronico brucia tutto e poi faremo freddare il tutto...

Finché, smessa la tragica parodia, conclude:

Un laico muore solo. E per sempre. Non ha messe gregoriane né rintocchi di campane. Capisco perciò la bellezza e l'agiatezza di chi muore dentro un coro d'angeli. Ammetto, di malavoglia, che un laico queste cose a volte le invidia... Mi pare giusto che muoiano poveri e invidiosi, se lo meritano. Ma fra poco, fra' Cristoforo, fra poco? Sta finendo un millennio, non un secolo, sta iniziando un millennio, non un nuovo secolo. E questo nuovo millennio non avrà più posto né per laici né per cappuccini, ma solo per uomini, uomini di buona volontà che vivano e muoiano intanto (anche soltanto) per assicurare ad altri uomini di vivere e di morire. Se saremo capaci di questo, questo darà dignità e un senso alla nostra vita, un senso e una dignità a chi dopo di noi verrà, quasi bisbigliò don Rodrigo... Tienilo forte – disse l'altro monatto – è fuori di sé. Ed era ormai vero... Una persona è intelligente, scriveva Gramsci, forse soprattutto per quello che ascolta, interpreta, capisce dei discorsi di uno stupido (cito a memoria). Perciò, confidando in te non mi avvilisco per avere scritto questa lettera. Lo so, lo so che questa citazione è ricattatoria! E ora anche salutarti è un problema. Addio? Non può essere. È inutile illudersi. Non sono né iscritto né simpatizzante. Anche «arrivederci» mi suona falso. Arrivederci dove? Mi pare più adatto ai miei panni ripeterti ancora e soltanto CIAO. Calogero Roxas.

Che Sciascia si presentasse coi radicali era una notizia che al nostro amico Rocchi dispiacque, ma lo stimava e gli dedicò in aprile la seconda delle due lettere di questo periodo terminale. Gli scrisse:

Caro Leonardo, questa è la quarta lettera che ti scrivo. Le prime tre non le avrai ricevute perché le ho buttate via. Questa non è migliore delle altre, è più o meno la stessa, tranne che nelle conclusioni che qui, secondo me, sono più coraggiose, e perciò più giuste.

Veramente avevo deciso dopo la terza lettera di non scrivere per niente e di mantenere quello che, allora, mi pareva un prudente e dignitoso silenzio. Poi sono tornato a decidere che per me era obbligatorio scriverti. La decisione è stata ardua e tormentata: si trattava di ribaltare un concetto antico e radicato e solenne (e, sospetto, profondamente siculo). La parola è d'argento, il silenzio è d'oro. La civiltà cui appartengo per gran parte è questa, è orale, a volte neanche verbale, è gestuale, ma non scritta: così non restano tracce, non c'è firma, si potrà sempre precisare cose solamente dette, così stiamo tutti più tranquilli.

Però a volte il silenzio è per sua natura ostile, cattivo, soprattutto irrispettoso e d'altra parte la mia civiltà, a pensarci, è orale ma non silenziosa. La non comunicazione, il silenzio, appunto, sono sentenziosi, gonfi di giudizi non espressi; il gesto, la parola invece, anche se a volte stupidi, scontati, insipienti, sono fatti d'interesse, fatti d'amicizia. Per questo ho deciso di scrivere questa lettera.

Ti confesso che davanti alla tua decisione ho avuto momenti di disappunto e di sgomento. Altrettanto rapidamente debbo chiarirti che disappunto e sgomento non erano dovuti per niente alla tua scelta per il partito radicale (o ad essere sinceri fino in fondo, solo in parte, in piccolissima parte per questo) ma alla tua scelta radicale: il mutare senza avvisi e preavvisi una dimensione, da letteraria e morale in dimensione politica. Torno a dirti, le tue scelte particolari potranno, se vuoi, essere oggetto di pacati e virtuosi ragionamenti fra noi nel tuo studio e poi camminando lentamente; ma qui, ora, la questione è diversa; è di diverso e più grande peso.

Probabilmente, o anche certamente, non c'è una dimensione letteraria e una dimensione politica separate e incomunicabili; al contrario è bene che una dimensione si appoggi all'altra, a volte si compenetri con l'altra. Il pericolo viene quando una dimensione si sostituisce all'altra. Il pericolo è di lasciare una dimensione e di non realizzare l'altra, o non compiutamente.

Davanti a questi rischi ho provato disappunto e sgomento, come ti ho già detto. Per te, per il timore che si giocassero le cose che in tutti questi anni mi hanno portato e mi portano a coabitare anzi a convivere con te da contemporanei, in questo mondo, in questo mio pezzo terminale di vita. Timore di perdere un punto di riferimento e di polemica continua, incessante, dolorosa a volte, vitale sempre. E per ciò per me necessaria. Tu oggi chiedi un voto per rappresentare «la gente»; ma «la gente» tu la rappresentavi già. La rappresentavi per quello che hai scritto, che scrivi. Persino per quello che non hai scritto, quando era meglio non scrivere.

Ora a distanza di alcuni giorni, e perciò dopo moltissimo tempo, ho deciso di condividere la tua scelta radicale e di dirtelo, a mente fredda.

Quando un uomo dopo decenni di lotta, di studio, di fatica ha conquistato il suo posto in letteratura e perciò in politica – scrittore politico essendo – e lascia questo suo posto di «coscienza nazionale» per diventare esclusivamente «politico» e capolista, e non appoggia, non aderisce ma capeggia ed esprime una parte, quest'uomo gioca in proprio. Non ha niente da guadagnare, ha da perdere. E se perde, perde la sua posta, e se invece vince, vince la stessa posta che ha giocato, non può vincere di più.

...Io non voterò per te, ma questo è un dettaglio minimo che nulla leva e nulla aggiunge... Perciò ti auguro, con quanta forza ne ho, di avere la stessa «fortuna» e «virtù» in politica che hai avuto scrivendo... ciao.

Né don Renato, né Sciascia, risposero a queste lettere: ce ne sarebbe traccia tra le carte dell'amico. Probabilmente – ma è una mia supposizione – pensarono entrambi che se aveva tanto gusto da parodiare i discorsi di Cesare e tanto interesse alla dimensione di Sciascia, beh, c'era tempo a rispondere, magari a voce e di persona, alla prima occasione. Tempo invece non ce n'era più.

Il secondo periodo dell'agenda, da aprile in poi, ci dice che è faccia a faccia col male che ora lancia segnali vistosi, e alla ricerca della buona morte.

Nel mio ricordo non ci sono periodi e fasi diverse, c'è un *continuum* che ebbe anche il tempo di assumere l'andamento di un tran tran quotidiano: sentirsi a una certa ora della mattinata, e se era Mars a telefonargli, alla fine mi chiedeva invariabilmente: «hai qualcosa da dire a Rocchi?» e io invariabilmente: «digli che l'amo tanto» e Mars «dice che ti ama tanto» e Rocchi «io pure io pure io pure» effusioni inconsuete, scelta della corda melodrammatica, un soffio di calore tra le griglie della ragione che non ci consentiva né commozione né disperazione. Se avessi pianto davanti a lui non me lo sarei mai perdonata.

Poi facevamo una capatina da lui verso mezzogiorno, magari portandogli qualcosa che gli serviva, oppure risentirsi nel pomeriggio, vedersi poi la sera, e Rocchi si avviliva all'idea che io attraversassi la città, schifosa di traffico, conoscendo le mie resistenze e quanto io fossi, non meno di lui, gatto di casa.

Per quanto mi sforzi, di quei mesi ricordo frammenti: l'Ariete che lo metteva in croce per un uovo à la coque e lui, irritato: «Un uovo à la coque ferma il cancro? NO? E allora per favore non parliamone più»; un discorso a mezza voce, sul balcone, a me e Mars: «Che faccio? Me ne vado, scappo, dove vado? Vi sto dando troppo fastidio, troppo...» e io che ribattevo ridendo: «Quindi vuoi darci pure il fastidio di cercarti ovunque, ma per favore!» e fu l'unica volta che mi sembrò, ma non ne sono certa, di vedere un baluginare nei suoi occhi; un suo scatto d'ira improvviso al mio «come stai?» e lui agitatissimo: «Sto come un uomo di 53 anni che ha un cancro maligno e sta morendo»; così come ricordo che ci fu un momento in cui non voleva vedere più nessuno dei vari amici, si stancava, voleva essere un po' difeso; e la sua incontrollabile antipatia per Zeta che venne una o due volte a trovarlo, e lui due passi più in là diceva: «Ma che vuole, ma che viene a fare» e l'Ariete che gli mormorava: «Ma che fai? Come i vecchi che parlano da soli e credono che nessuno li sente?» e lui rabbonito che rideva.

A volte mi chiedevo se lo tormentavamo, se lo assediavamo con premurose proposte. La fredda ragione aveva un bel da fare a prevalere. Come si fa a reprimere ogni accenno di stupida sollecitudine, di affettuoso fastidioso interesse alle irrilevanti minuzie quotidiane in cui si sbriciolava la malattia: l'uovo, l'iniezione, il gelato, il sonno. Qualche sera pensai che avrebbe voluto restare solo, glielo chiesi: «Solo? Perché? Siamo alla fine...».

Tra sparsi ricordi c'è che già verso Natale avevo messo in borsa *Fedone* e *Apologia di Socrate*, ma non avevo il coraggio di tirarlo fuori, lo tenni in borsa per due mesi, la sera in cui mi decisi glielo passai con l'aria di «tieni l'*Espresso*, dacci un'occhiata». Mi era sembrato tra tutti il punto d'appoggio più saldo, mi dispiaceva solo, ma nello stesso tempo mi rassicurava, che fosse una cosa vecchia di tanti secoli, avrei voluto qualcosa di più vicino e «moderno», ma tanta maestosa semplicità di discorso dove la trovi? Gli diede qualcosa di più di una semplice occhiata.

Nell'agenda c'è a un tratto uno scarto netto, cambia da così a così l'ordine degli interessi e dei pensieri. Mette un punto alla definizione e sistemazione di faccende patrimoniali e amministrative al primo presentarsi del liquido nella pleura. Gli era gonfiata improvvisamente la faccia. «Non sono bello, non voglio esserlo, ma giusto a me doveva venirmi una faccia da culo?» ci scherzava, ma se ne crucciava molto. «Meglio morire con le guance scavate che con il faccione dell'oste rubizzo» e a uno dei miei «come stai» tutto serio cominciava: «Vedi, la medicina non solo è impotente, ma anche ignorante. Dei tumori non sanno niente, ma non sanno nemmeno perché il culo mi si sposta e mi si piazza sul collo...».

La presenza di liquido esigeva la toracentesi, cioè l'estrazione, bucando la spalla. La prima avvenne alla metà di marzo e a fine mese il liquido si era già riformato.

La seconda l'otto aprile, e il fatto che l'accompagnassi io, e non Mars, impegnato fuori Palermo, lo umiliò profondamente, lo mortificò, invano tentavo di farlo ridere dicendogli «ma io i coglioni ce li ho, non ti preoccupare, li ho, sono un uomo» no, era quasi più seccato da questo fatto che dalla sgradevole toracentesi, perché in lui albergava – era un Roxas y Corvaja – gran gentilomeria e hidalguìa e virilità, la stessa del padre di Mars, il vecchio generale, che ottantenne, a me che avevo preso posto in auto sui sedili posteriori, disse sbigottito, pregandomi di scendere: «Questo mai, non accadrà che faccio sedere dietro una signora!». Oh galanterie inaudite di stirpi scomparse.

E tra la mortificazione e il dolore alla spalla fu quel giorno che Rocchi dovette dirsi che no, questa non era vita, la qualità cambiava, ora lasciava a desiderare, era giunto il momento di provvedere. Brucia le tappe.

Infatti sulla pagina bianca dell'indomani 9 aprile c'è scritto «tel» cioè telefonare, e tre nomi in colonna. Con accanto un «no».

Angelo no
Vittorio no
Eli no

Voleva congedarsi da questi tre amici ma non ci riusciva, e questa difficoltà la ricollego a quel che mi disse un giorno a mezza voce: «Ma come si fa a telefonare a Eli e Maria, ma che gli dico, ma che gli conto?».

Il 10 aprile spunta sull'agenda per la prima volta una G col punto, l'iniziale del nome (o del cognome? io qui lo chiamerò Giorgio), di chi può aiutarlo, e accanto, chiuso in un cerchietto a penna, «ore 18». È finalmente il medico che andava cercando, l'interlocutore estremo, sfera ultima e privata da cui volle tenerci fuori.

Di nuovo il 15 aprile ricompaiono i tre amici da salutare: Angelo, Vittorio, Eli, ma nemmeno questa volta ci riesce, come ho potuto accertare da Eli che stava a Messina, da Vittorio che stava a Roma. Il 23 aprile Giorgio va a trovarlo a casa, il 25 aprile una terza toracentesi, ora su Giorgio c'è un accenno quasi ogni giorno, il 2 maggio altra toracentesi, perché i tempi di ricostituzione del liquido si riducono continuamente, sale l'affanno, anche radersi è diventata una fatica.

Il 3 maggio «Giorgio ore 12», il 5 «Giorgio ore 12», il 7 «Giorgio ore 11», unici appunti su pagine d'agenda ormai completamente bianche. È la fine.

Con calma, con freddezza, studiarono la buona morte. Ma parlarono anche a lungo – come mi disse Rocchi – di libri e di film, di politica e di vita. Solo violenza e prevaricazione (come per il caso dell'Ariete) potrebbero indurmi a individuare Giorgio, per saperne di più di quelle sedute a due. Ciò che so è largamente sufficiente.

So che Rocchi aveva portato con sé dalla Svizzera due flaconi di Nembutal: fosse reminiscenza del lontano suicidio di un amico o fosse indicazione di un medico, non so.

So da Mars che l'acquisto lo fecero insieme, in due riprese, dissimulato in un lungo elenco di farmaceutici: fazzoletti di carta, dentifricio, una pomata, una vitamina e lì in mezzo le pillole mortali, cui il dottore o la commessa opponevano un attimo di esitazione, ma lui subito, sorridendo «sa, in Italia non è facile...» e il pacchetto completo subito confezionato e consegnato.

So per certo che non voleva rischiare né la dose insufficiente – corsa alla rianimazione? – e nemmeno quella eccessiva – bocconi in un lago di vomito?

Esigeva la dose giusta, e insieme calcolarono sui libri milligrammi e peso corporeo, e la preparazione della pozione, perché ci volevano quasi cinquanta capsule: Rocchi doveva vuotarle una a una, farne un mucchietto di polvere, scioglierla in acqua o vino, a piacere. Voleva anche che Giorgio gli calcolasse l'intervallo tra il bere il veleno e il sopravvenire della sonnolenza, affinché ogni cosa fosse seria e composta e altamente dignitosa.

Insieme avevamo tante volte deprecato la disperazione punitiva e esibizionistica, clamorosa richiesta di attenzione, di chi si spara in bocca o si lancia dal balcone. Voleva una morte senza disperazione.

Voleva una morte pulita, come estremamente pulita era stata la malattia, anche in questa fase terminale, mai a letto, mai in pigiama, mai in disordine, mai non rasato, gli amici si ricevono in poltrona fumando sorridendo e facendo dello spirito, e ci si alza per prendergli un bicchiere o un gelato, e li si accompagna alla porta e all'ascensore.

Avemmo, su questo, una delle ultime sere, un accenno di polemica:

«Più umiltà», dicevo io, «rimettersi, consegnarsi a mani amiche, meno superbia, passare la mano, che bisogno c'è di questi eroismi?».

Mi ascoltava un po' beffardo, come a dire «continua, continua», e io continuavo:

«La grande Elisabetta è morta in piedi, lo racconta Lytton Strachey, rifiutando anche di sedersi, e quando un ciambellano si accostò per dirle "maestà, il popolo dice che dovete coricarvi" lei lo guardò esclamando: "Omuncolo, omuncolo! Non lo sai che ai re non si dice che cosa devono o non devono fare?". Ma tu perché devi sentirti Elisabetta e giocare sempre ai capitani coraggiosi? Se hai l'affanno che male c'è a dire mi porti il vino, mi prendi quel libro, suonano alla porta, apri... O vuoi fare come mia madre, che a 88 anni non vuole nemmeno offerto il braccio?».

«Voglio fare», rispose ansando, «esattamente come tua madre, l'umiltà è l'ultima delle virtù che mi interessa».

E poiché ci eravamo sempre definiti «luciferini» mi sembrò una perfetta coerenza.

Quante cose non abbiamo riconosciuto nella nostra vita? Da qualche parte in queste pagine ne ho fatto un sommario elenco. Fatto sta che con tutti gli elementi in mano, spiattellati a dovere, non riconoscemmo l'ultima sera del nostro amico. Che non lo riconoscesse l'Ariete è legittimo: mai aveva creduto alla buona morte, nemmeno per un attimo. Anzi al minimo accenno di Rocchi, che con lei continuava a usare il verbo «provvedere», gli spiegava affettuosa e quasi paternalistica che la malattia cambia gli uomini, e questa malattia in particolare, e che tutti finiscono per autoingannarsi, proprio tutti.

Che non lo capisse la Ziamamà, che quella sera era con noi a scherzare fino alla fine, perché lei lo chiamava «Uccio» fin dalla più tenera età e noi a prenderlo in giro: «Ti fai chiamare Uccio e non ce ne dici niente?» e Rocchi ridendo, in piedi accanto alla Ziamamà, con un braccio affettuosamente intorno alla spalla di lei: «Fino a questo momento ero riuscito ad evitare... guarda la canizza, guardali come fanno...» e noi sberleffi, e Uccio senti, e Uccio guarda... Che non capisse la Ziamamà, cui Rocchi aveva detto del suo male solo da due o tre giorni, ma era toccato a lei, già da tempo, intuire che si trattasse di tumore, anche questo era legittimo.

Ma io e Mars? Io e Mars con i quali non c'erano né inganni né veli, io e Mars che sapevamo di cosa parlava con Giorgio, che sapevamo da mesi la sua determinazione e che a differenza dell'Ariete non l'avevamo mai messa in dubbio, neanche per un attimo?

L'attenuante è che Rocchi quella sera spese e scialò il meglio di sé per non farcelo capire. Sarebbe bastata mezza parola e tutto sarebbe diventato terribile per noi, difficilissimo per lui. Che avremmo fatto? Come fai a impedirlo (ma penso che mai avremmo osato) e come fai a non impedirlo, che è ciò su cui ci si era trovati d'accordo? Cambi idea di colpo? Per proporgli, in alternativa, una lunga e lenta agonia? Al momento supremo, in cui ha bisogno di noi, saremmo diventati, noi sua forza, la sua debolezza? Rocchi aveva riflettuto su tutto questo, ne sono certa, niente addii, né palesi né velati, niente mezze parole, nessun cenno, perché doveva avere concluso che l'ultimo gesto di amicizia fosse quello di non farci capire nulla, e noi nulla capimmo.

La serata dell'8 maggio era cominciata tutta lieve, allegra e normale, io insegnavo all'Ariete una marmellata da fare con i fragoloni, che in quei giorni di maggio si sprecavano sui mercati, l'Ariete era tutta brio, tutta ricciolini, tutta domande sul peso dello zucchero e sul tempo di cottura: no, non eravamo futili e vane, l'amico aveva un tale affanno che bisognava cinguettare senza posa, non dargli spazio, divertirlo. Lo divertivamo infatti, rideva sommesso, ci ascoltava avidamente e ci interruppe per dire: «Uno che non vi conoscesse giurerebbe che siete due massaie che si scambiano ricette» e la Ziamamà si inseriva, poi preparammo tutti insieme la tavola, mangiammo, parlammo di quanto sono costosi i dentisti e di quanto sono brutti e pericolosi i dobermann, Rocchi non toccò cibo ma nessuno insistette e, che strano!, guardava spesso l'orologio, tanto che gli dissi: «Stasera vuoi fare presto, ce ne andiamo verso le undici, così ti riposi». «Manco per sogno» mi rispose e a un tratto poi si alzò da tavola e telefonò a qualcuno per dirgli che con Giorgio non sapeva proprio come fare, non voleva essere pagato, ma intanto viene ogni giorno, troviamo il modo. «Allora ci pensi tu, d'accordo?». D'accordo.

Non c'è peggiore sordo di chi non vuol intendere: non era forse questa l'ultima pendenza che saldava, il suo gallo a Esculapio? Ma per noi non c'era qualcosa di diverso dal solito che ci mettesse in guardia o in allarme.

O meglio, qualcosa, per me, ci fu. Si compì in una frazione di secondo e la vissi e la ricevetti come un fulmine, dopo il quale non sei più come prima: qualcuno di noi voleva vedere la tv, metti una ghiottoneria con Ottone o Macaluso, o chi sa che altro, fu accesa la tele, sul divano sedevano Mars e l'Ariete, la Ziamamà in poltrona, io su un divanetto davo le spalle a Rocchi che sedeva alla sua piccola scrivania. Il video parlava, mi sono distratta completamente, fumavo in silenzio, poi mi sono girata, per dirgli qualcosa e lo vidi: non sentiva e non guardava il dibattito, guardava il piano lucido del tavolo, era di una tristezza senza remissione e di una solitudine siderale, lontanissimo, assorto. Non si era accorto del mio movimento e mi rigirai piano piano, come si richiude una porta dietro cui hai sbirciato l'abisso, col cuore all'impazzata, guardai in giro i presenti, non c'era nulla da dire, nulla da fare, ma intanto all'amico era accaduto qualcosa, qualcosa di estremo si consumava in silenzio, davanti a tutti attenti al dibattito, e a lui che poteva più importargli del video, che narra vicende di questo mondo?

Infatti nel pomeriggio aveva già scritto la lettera ai suoi amici e la lettera di congedo al dottore svizzero.

Noi supponiamo che quando Rocchi, poco dopo la mezzanotte, andò di là con l'aria di chi va a prendere qualcosa o si allontana per andare in bagno, andò in realtà a bere la sua cicuta, che certamente aveva preparato nel pomeriggio e sapeva che, una volta bevuto, gli rimaneva mezz'ora o forse tre quarti d'ora di tempo. Ce lo fa supporre il fatto che poco dopo lo prese una leggera, leggerissima impazienza di congedarci, una ferma insistenza perché l'Ariete andasse via con noi, senza trattenersi un minuto di più, e che la Ziamamà andasse a letto. Ce lo fa supporre quel che ci raccontò l'Ariete: che lo raggiunse di là e lo trovò col braccio appoggiato allo stipite della porta del bagno, e la testa sul braccio, in un atteggiamento di impensabile disperato abbandono, e al vederla lui si ricompose dicendo solo «andiamo, andiamo».

Ma poi, dicendo io di andare, Rocchi ci fermò: «Fumiamo tutti insieme l'ultima sigaretta, poi ve ne andate». L'ultima della serata, era spesso un piccolo rito, un rinviare la separazione, lo diciamo sempre tutti. E accendemmo, senza sapere che era un rito ben più solenne, questa volta, io e la Ziamamà, lui, l'Ariete, Mars non fuma, e seguirono i programmi per l'indomani: l'Ariete gli proponeva un giro dell'isolato a passo di tartaruga, io gli proposi, quasi all'orecchio, quel che pensavo già da due o tre giorni: «Non ti seccare, ma domani vorrei portare qui una bombola di ossigeno, può aiutarti» perché il suo respiro era davvero spaventoso, e lui, molto remissivo e rilassato, con la testa, cosa che mai, appoggiata allo schienale della poltrona, sorrideva e diceva: «domani vediamo, domani vediamo, per ora andate». E poiché in quel momento eravamo tutti e tre attorno a lui e chini su di lui, la Ziamamà l'indomani raccontava che ci guardava, ci guardava, con uno sguardo particolare, e ci diceva addio. Poi ci accompagnò alla porta. Era l'una o poco più. In ascensore dicevamo: «Domani non può non mettersi a letto, non può».

Noi supponiamo che Rocchi raggiunse il letto quasi subito, appena il tempo di mettere in evidenza sul tavolo la lettera ai suoi amici e la lettera al dottore svizzero. Lasciò accanto alla poltrona, aperto e accuratamente segnato in più pagine, il *Fedone* e l'*Apologia*, lasciò tutte le luci accese, restò vestito, con camicia di flanella e pullover, si stese, si coprì con un plaid e scivolò nel nulla.

Alle sette del mattino era gelatissimo, rigido, la morte avvenuta molte ore prima e, come si dice in questi casi, «pareva che dormisse», irrigidito in un atteggiamento morbido e rilassato di tutto il corpo e del volto appena sorridente. Un istinto animale aveva chiamato la Ziamamà alle sette, un'ora che per lui generalmente era l'alba e per lei l'inizio di una operosa giornata, ad «andare a vedere», chi sa avesse bisogno di qualcosa, il che era altamente improbabile. Le luci tutte accese la sconvolsero e la condussero direttamente in camera da letto: non pianse non strillò lo baciò e ci telefonò.

La lettera ai suoi amici ognuno la sentì propria, ognuno la spartì con gli altri, diceva:

Cari amatissimi amici, me ne vado. Come avevo promesso ho resistito e lottato finché ho potuto. Personalmente non condanno il suicidio – penso che ogni uomo ha il diritto di decidere il destino della sua vita. Ma questo suicidio non è. A questo punto è soltanto evitarmi e evitarvi lunghi inutili giorni di sofferenza senza speranza.

Per quanto mi avete dato e date di presenza e di amore ogni ringraziamento mi appare inutile e banale.

Un augurio però posso farvelo: abbia ciascuno di voi – fra molti anni, quando verrà il giorno più corto – affetti ed amici come quelli che io ho adesso.

Ciao R.

Palermo 8 maggio 1980 - ore 18

Il signor Rubino, premiata ditta che seppellisce tutte le generazioni di via Maqueda, sempre in piedi all'angolo della via del Giardinaccio, fu chiamato all'altro capo della città e accorse col suo armamentario dal quale accuratamente e forse meschinamente scartavo via ogni croce. Fu chiamato un medico che stese il certificato di morte e mentre la notizia volava per telefono e accorrevano amici e compagni, noi eravamo talmente impappinati talmente imbranati e incerti che ci volle Vittorio a impuntarsi perché la lettera fosse pubblicata sul giornale, perché una morte così non passasse inosservata, sulla città sepolta d'indifferenza, come collasso cardiocircolatorio, ma diventasse patrimonio più generale, a impuntarsi perché fosse avvertito e volasse a Palermo Paolo Bufalini, non solo come amico, ma come membro della direzione comunista, che si facesse qualcosa di degno per il compagno Roxas, non importa se da tanti anni non aveva più la tessera, importa che le battaglie per questa terra le aveva fatte, e il suo contributo era stato sempre intelligente, e agli sconfitti siciliani almeno l'onore delle armi. Bravo Vittorio, bravo.

Mars e io, due ritrosie che si sommano, tendevamo a farne un fatto privato e invece diventò molto pubblico, come era giusto che fosse e come in fondo sarebbe piaciuto al nostro amico. I giornali lo commemorarono come politico, come editore, come velista, ma soprattutto come uomo.

Il nostro amico se ne era andato dimostrando e proclamando la supremazia della mente, la fiducia nell'uomo. E così fu recepita la sua morte, da amici e compagni che non vedevo da anni e che ora telefonavano avidi di sapere, ammirati, contenti, maledizione, finalmente qualcosa di buono, pareva dicessero, ecco come si fa, che bravo, e nessuno pensò o disse «*Mischi-*

no, poverino» come si usa per chi muore e tutti, specie se giovani, volevano solo saperne di più, della sua vita, della sua morte, che è la sola ragione per cui ho scritto, senza tenere in frigo per l'autoconsumo, questo «romanzo civile».

Ma non era finita. C'era un certificato di morte per collasso cardiocircolatorio, o cosa del genere, mentre la lettera agli amici correva di mano in mano di bocca in bocca e veniva pubblicata nel pomeriggio sul giornale. Il procuratore della repubblica Gaetano Costa (cugino di Roxas per parte della moglie Rita Bartoli, e che tre mesi dopo sarebbe caduto ucciso) era un rigoroso, e tanto più rigoroso perché cugino: voleva vederci chiaro, dispose quindi la perizia e tutti gli accertamenti di legge, che si svolsero frenetici, mentre, anziché assistere al seppellimento, una piccola folla vedeva deporre la bara nella sala di medicina legale, dove portano i morti ammazzati. La città sa solo di omicidi e quanto a suicidi conosce solo quelli disperati degli adolescenti o dei vecchietti che saltano la ringhiera sul far del giorno.

Si mossero i vecchi amici di sempre, Nino Sorgi, Aldo Costa, mentre tutti aspettavamo al cimitero e ci interrogavamo – che accade? che si aspetta? –, accompagnarono un sostituto procuratore che ispezionò la casa e le cose del nostro amico alla ricerca di «prove». Mars mi racconta che fu ripescato nella pattumiera un flacone vuoto di barbiturici e ripescato in un cassetto uno pieno a metà, fu presa visione della lettera agli amici, fu aperta la lettera chiusa al medico di Losanna, che diceva:

Egregio e caro dottor D., prima di andarmene non posso non ringraziarla per quanto Ella ha fatto per me. La ringrazio non soltanto per la sua valentia medica ma anche e soprattutto per l'interesse umano che Ella ha avuto per il mio caso purtroppo disperato. È per grandissima parte che debbo a Lei otto mesi di vita che – date le circostanze – sono stati complessivamente piacevoli. La prego, se può, di ringraziare a mio nome il prof. Dr. e i suoi collaboratori.

Con molta cordialità e molto affetto

Calogero Roxas

Solo allora la giustizia diede il suo sta bene.

La bara, anziché scendere nella terra, si inerpicò a un terzo piano di loculi fitti come caselle di un alveare. L'amico non riposava in pace, come si suol dire, l'amico non c'era più.

Il dopo-Roxas è lungo e pesante, ma il tempo lavora a suo e mio favore. Non ci sono specchi che mi rimandano il meglio, né interlocutori su cui accanirsi e da cui essere caricata a corna basse, né risate che liberano il piacere. Ma non sono afflitta da alcun rimpianto, anzi. Quando rivedo amici e mi chiedono «cosa fai» rispondo invariabilmente che «mi godo la vita» e con Mars diciamo sempre che ci vuole così poco (e così tantissimo!) a godercela come ce la godiamo noi. Quella che sulle prime avevo scambiato, mortificata, per la gioia animalesca del sopravvissuto, che il gran Canetti descrive così bene, col trascorrere di questi anni mi si è chiarita e consolidata, e ad onta di tutto ciò che accade intorno a me a Palermo e nel mondo, mi capita anche più volte al giorno di sentire nel profondo, incontrollata e imprevista come una scarica di adrenalina, accendersi una scintilla tenace e fiammeggiante, che all'inizio non riconoscevo: è un senso di crescita, una pienezza di forze, anche di saggezza, mi pare, di calma, un essere partecipe del tutto, in sintonia con chi sa che, una sensazione panica, altamente civile, una disponibilità senza riserve, un ventre da grande madre, il cervello traboccante, la mente sovrana: è gioia di vivere che zampilla assurda, perché l'amico morendo mi aveva dato una strabiliante lezione di vita e piano piano, col tempo, andava facendo di me una vecchia signora invulnerabile.

Palermo, ottobre 1983

Postilla

di

Giuditta e Marta Cimino

Colei che nel 1983 si definiva con una certa civetteria (non aveva ancora sessant'anni) una *vecchia signora*, e che con orgoglio assoluto poteva definirsi per di più *invulnerabile*, nell'arco di pochi anni, per uno di quei mutamenti che la vita a volte ci riserva a nostra insaputa, si era trasformata in una signora veramente anziana, duramente provata da eventi pubblici e privati, e per di più irreparabilmente ferita dalla perdita precoce e dolorosissima del suo amato compagno e sposo Marcello Cimino, nostro padre, morto dieci anni fa.

Giuliana Saladino, nostra madre, aveva impiegato tre lunghi anni per elaborare il lutto causato dalla perdita di Lillo Roxas, l'amico di una vita che, morendo, si portava via un grande pezzo della sua stessa vita.

Scrisse questo libro perché voleva che la vicenda da lei vissuta così intensamente, con tutto lo spessore esemplarmente etico di cui andava fiera, non andasse dispersa né fosse destinata soltanto all'«autoconsumo». Voleva che tutti coloro che in qualche misura erano stati emotivamente coinvolti dalla morte di Roxas, conoscessero fino in fondo quella dolorosa vicenda; voleva che soprattutto i giovani, le nuove generazioni dei nipoti, di cui con così affettuosa intelligenza seguiva la crescita, avessero memoria di fatti e persone che non avevano fatto in tempo a conoscere.

Circolarono infatti, subito dopo il 1983, alcune copie dattiloscritte di questo *Romanzo civile*, diffuse nella stretta cerchia di amici parenti e conoscenti che dalla vicenda erano stati anche solo lontanamente sfiorati. Di dare il testo alle stampe, per quanto noi ricordiamo, si parlò allora in termini vaghi e generici, di pura eventualità futura. Non era infatti questo il problema, né lo scopo della scrittura.

Molti anni dopo qualcuno degli amici ritrovò casualmente tra le proprie carte una copia dattiloscritta di *Romanzo civile*, lo rilesse e ne restò profondamente colpito: erano passati circa quindici anni da quando lo aveva letto la prima volta e l'impatto di quelle lontane emozioni che il tempo sembrava aver sopito fu di nuovo forte e irresistibile. Propose a Giuliana di riprendere in mano il suo testo di allora, di rivederlo e aggiornarlo e di pensare seriamente alla stampa. Lei non ne volle sapere, tagliò corto bruscamente (fatto del tutto inusuale rispetto al modo scettico e distaccato col quale soleva trattare fatti che riguardassero lei direttamente), e chiese che, per favore, non se ne riparlasse mai più.

Il libro che aveva scritto per Roxas, per sé e per tutti noi non rispecchiava più la sua condizione esistenziale e il suo sentire umano e civile che ora invece le apparivano ben descritti e rappresentati in una poesia di Borges che portava sempre con sé, trascritta su un foglio di carta stropicciato.

La poesia è questa:

Assenza

Dovrò rialzare la vasta vita
che ancora adesso è il tuo specchio:
ogni mattina dovrò ricostruirla.
Da quando ti allontanasti,
quanti luoghi sono diventati vani
e senza senso, uguali

a lumi nel giorno.
Sere che furono nicchia della tua immagine,
musiche in cui sempre mi attendevi,
parole di quel tempo,
io dovrò frantumarle con le mie mani.
In quale profondità nasconderò la mia anima
perché non veda la tua assenza
che come un sole terribile, senza occaso,
brilla definitiva e spietata?
La tua assenza mi circonda
come la corda la gola,
il mare chi sprofonda.

Anche noi oggi, pensando ai nostri straordinari genitori, possiamo ringraziare Borges per averci rappresentato in maniera così struggente il fulgore dell'assenza.

Romanzo civile si pubblica ora, dopo la morte di Giuliana, grazie alla pervicace convinzione di chi non ha mai smesso di credere che questa testimonianza di vita e di valori dovesse essere salvata e conosciuta in più ampia cerchia.

GIUDITTA E MARTA CIMINO

Indice

Questo volume è stato stampato
su carta Palatina
delle Cartiere Miliani di Fabriano
nel mese di ottobre 2001

Stampa: Tipografia Priulla s.r.l., Palermo
Legatura: LE.I.MA. s.r.l., Palermo

La memoria

36 Giuseppe Vannicola. Il veleno
37 Marco Ramperti. L'alfabeto delle stelle
38 Massimo Bontempelli. La scacchiera davanti allo specchio
39 Leonardo Sciascia. Kermesse
40 Gesualdo Bufalino. Museo d'ombre
41 Max Beerbohm. Storie fantastiche per uomini stanchi
42 Anonimo ateniese. La democrazia come violenza
43 Michele Amari. Racconto popolare del Vespro siciliano
44 Vernon Lee. Possessioni
45 Teresa d'Avila. Libro delle relazioni e delle grazie
46 Annie Messina (Gamîla Ghâli). Il mirto e la rosa
47 Narciso Feliciano Pelosini. Maestro Domenico
48 Sebastiano Addamo. Le abitudini e l'assenza
49 Crébillon fils. La notte e il momento
50 Alfredo Panzini. Grammatica italiana
51 Maria Messina. La casa nel vicolo
52 Lidia Storoni Mazzolani. Una moglie
53 Martín Luis Guzmán. ¡Que Viva Villa!
54 Joseph-Arthur de Gobineau. Mademoiselle Irnois
55 Henry James. Il patto col fantasma
56 Leonardo Sciascia. La sentenza memorabile
57 Cesare Greppi. I testimoni
58 Giovanni Verga. Le storie del castello di Trezza
59 Henryk Sienkiewicz. Quo vadis?
60 Benedetto Croce. Isabella di Morra e Diego Sandoval de Castro
61 Diodoro Siculo. La rivolta degli schiavi in Sicilia
62 George Meredith. La vicenda del generale Ople e di Lady Camper
63 Bernardino de Sahagún. Storia indiana della conquista di Messico
64 Andrzej Kuśniewicz. Lezione di lingua morta
65 Maria Luisa Aguirre D'Amico. Paesi lontani
66 Giuseppe Antonio Borgese. Le belle
67 Luisa Adorno. L'ultima provincia
68 Charles e Mary Lamb. Cinque racconti da Shakespeare
69 Prosper Mérimée. Lokis
70 Charles-Louis de Montesquieu. Storia vera
71 Antonio Tabucchi. Donna di Porto Pim
72 Luciano Canfora. Storie di oligarchi
73 Giani Stuparich. Donne nella vita di Stefano Premuda
74 Wladislaw Terlecki. In fondo alla strada
75 Antonio Fogazzaro. Eden Anto
76 Anonimo. Storia del bellissimo Giuseppe e della sua sposa Aseneth
77 Vanni e Gian Mario Beltrami. Una breve illusione
78 Giorgio Pecorini. Il milite noto
79 Giuseppe Bonaviri. L'incominciamento
80 Leonardo Sciascia. L'affaire Moro
81 Ivàn Turghèniev. Primo amore
82 Nikolàj Leskòv. L'artista del toupet
83 Aleksàndr Puškin. La solitaria casetta sull'isola di Vasilij
84 Michaìl Čulkòv. La cuoca avvenente

85 Anita Loos. I signori preferiscono le bionde
86 Anita Loos. Ma... i signori sposano le brune
87 Angelo Morino. La donna marina
88 Guglielmo Negri. Il risveglio
89 Héctor Bianciotti. L'amore non è amato
90 Joris-Karl Huysmans. Il pensionato signor Bougran
91 André Chénier. Gli altari della paura
92 Luciano Canfora. Il comunista senza partito
93 Antonio Tabucchi. Notturno indiano
94 Jules Verne. L'eterno Adamo
95 Manuel Vázquez Montalbán. Assassinio al Comitato Centrale
96 Julian Stryjkowski. Il sogno di Asril
97 Manuel Puig. Agonia di un decennio, New York '78
98 Victor Zaslavsky. Il dottor Petrov parapsicologo
99 Gesualdo Bufalino. Argo il cieco ovvero I sogni della memoria
100 Leonardo Sciascia. Cronachette
101 Enea Silvio Piccolomini. Storia di due amanti
102 Angelo Rinaldi. L'ultima festa dell'Empire
103 Luisa Adorno. Le dorate stanze
104 James M. Cain. Il bambino nella ghiacciaia
105 Enrico Job. La Palazzina di villeggiatura
106 Antonio Castelli. Passi a piedi passi a memoria
107 Wilkie Collins. Tre storie in giallo
108 Friedrich Glauser. Il grafico della febbre
109 Friedrich Glauser. Il tè delle tre vecchie signore
110 Mary Lavin. Eterna
111 Aldo Alberti. La Rotonda dei Massalongo
112 Senofonte. Le Tavole di Licurgo
113 Leonardo Sciascia. Per un ritratto dello scrittore da giovane
114 Mario Soldati. 24 ore in uno studio cinematografico
115 Denis Diderot. L'uccello bianco. Racconto blu
116 Joseph-Arthur de Gobineau. Adelaide
117 Jurij Tynjanov. Il sottotenente Summenzionato
118 Boris Hazanov. L'ora del re
119 Anatolij Mariengof. I cinici
120 I. Grekova. Parrucchiere per signora
121 Corrado Alvaro. L'Italia rinunzia?
122 Gian Gaspare Napolitano. In guerra con gli scozzesi
123 Giuseppe Antonio Borgese. La città sconosciuta
124 Antonio Aniante. La rosa di zolfo
125 Maria Luisa Aguirre D'Amico. Come si può
126 Sergio Atzeni. Apologo del giudice bandito
127 Domenico Campana. La stanza dello scirocco
128 Aldo Alberti. La Lega delle Dame per il trasferimento del Papato nelle Americhe
129 Friedrich Glauser. Il sergente Studer
130 Matthew Phipps Shiel. Il principe Zaleski
131 Ben Hecht. Delitto senza passione
132 Fernand Crommelynck. La martingala rovesciata
133 Rosa Chacel. Relazione di un architetto

134 Walter De la Mare. L'artigiano ideale
135 Ludwig Achim von Arnim. Passioni olandesi
136 Rudyard Kipling. L'uomo che volle essere Re
137 Senofonte. La tirannide
138 Plutarco. Sertorio
139 Cicerone. La repubblica luminosa
140 Luciano Canfora. La biblioteca scomparsa
141 Etiemble. Tre donne di razza
142 Marco Momigliano. Autobiografia di un Rabbino italiano
143 Irene Brin. Dizionario del successo dell'insuccesso e dei luoghi comuni
144 Giovanni Ruffini. Il dottor Antonio
145 Aleksej Tolstoj. Il conte di Cagliostro
146 Mary Lamb. La scuola della signora Leicester
147 Luigi Capuana. Tortura
148 Ljudmila Shtern. I Dodici Collegi
149 Diario di Esterina
150 Madame de Vandeul. Diderot, mio padre
151 Ortensia Mancini. I piaceri della stupidità
152 Maria Mancini. I dispiaceri del Cardinale
153 Francesco Algarotti. Saggio sopra l'Imperio degl'Incas
154 Alessandro Manzoni. Quell'innominato
155 Jerre Mangione. Ricerca nella notte
156 Friedrich Glauser. Krock & Co.
157 Cami. Le avventure di Lufock Holmes
158 Ivan Gončarov. La malattia malvagia
159 Fausto Pirandello. Piccole impertinenze
160 Vincenzo Consolo. Retablo
161 Piero Calamandrei. La burla di Primavera con altre fiabe, e prose sparse
162 Antonio Tabucchi. I volatili del Beato Angelico
163 Fazil' Iskander. La costellazione del caprotoro
164 Ramón Gómez de la Serna. Le Tre Grazie
165 Corrado Alvaro. La signora dell'isola
166 Nadežda Durova. Memorie del cavalier-pulzella
167 Boris Jampol'skij. La grande epoca
168 Vito Piazza. La valigia sotto il letto
169 Eustachy Rylski. Una provincia sulla Vistola
170 Jerzy Andrzejewski. Le porte del paradiso
171 Madame de Caylus. Souvenirs
172 Principessa Palatina. Lettere
173 Friedrich Glauser. Il Cinese
174 Friedrich Glauser. Il regno di Matto
175 Gianfranco Dioguardi. Ange Goudar contro l'Ancien régime
176 Palmiro Togliatti. Il memoriale di Yalta
177 Mohandas Karamchand Gandhi. Tempio di Verità
178 Seneca. La vita felice
179 John Fante. Una moglie per Dino Rossi
180 Antifonte. La Verità
181 Evgenij Zamjatin. Il destino di un eretico
182 Gaetano Volpi. Del furore d'aver libri

183 Domostroj ovvero La felicità domestica
184 Luigi Capuana. C'era una volta...
185 Roberto Romani. La soffitta del Trianon
186 Athos Bigongiali. Una città proletaria
187 Antoine Rivarol. Piccolo dizionario dei grandi uomini della Rivoluzione
188 Ling Shuhua. Dopo la festa
189 Plutarco. Il simposio dei sette sapienti
190 Plutarco. Anziani e politica
191 Giuseppe Scaraffia. Il mantello di Casanova
192 Enrico Deaglio. Cinque storie quasi vere
193 Aleksandr Bogdanov. La stella rossa
194 Eáca de Queiroz-Ramalho Ortigão. Il mistero della strada di Sintra
195 Carlo Panella. Il verbale
196 Severino Cesari. Storie per quattro giornate
197 Charlotte Robespierre. Memorie sui miei fratelli
198 Fazil' Iskander. Oh, Marat!
199 Friedrich Glauser. I primi casi del sergente Studer
200
201 Adalbert Stifter. Pietra calcarea
202 Carlo Collodi. I ragazzi grandi
203 Valery Larbaud. Sotto la protezione di san Girolamo
204 Madame de Duras. Il segreto
205 Jurij Tomin. Magie a Leningrado
206 Enrico Morovich. I giganti marini
207 Edmondo De Amicis. Carmela
208 Luisa Adorno. Arco di luminara
209 Michele Perriera. A presto
210 Geoffrey Holiday Hall. La fine è nota
211 Teresa d'Avila. Meditazioni sul Cantico dei Cantici
212 Mary MacCarthy. Un'infanzia ottocento
213 Giuseppe Tornatore. Nuovo Cinema Paradiso
214 Adriano Sofri. Memoria
215 Carlo Lucarelli. Carta bianca
216 Ameng di Wu. La manica tagliata
217 Athos Bigangioli. Avvertimenti contro il mal di terra
218 Elvira Mancuso. Vecchia storia... inverosimile
219 Eduardo Rebulla. Carte celesti
220 Francesco Berti Arnoaldi. Viaggio con l'amico
221 Julien Benda. L'ordinazione
222 Voltaire. L'America
223 Saga di Eirik il rosso
224 Cristoforo Colombo. Lettere ai reali di Spagna
225 Bernardino de Sahagún. I colloqui dei Dodici
226 Sergio Atzeni. Il figlio di Bakunìn
227 Giuseppe Gangale. Revival
228 Alfredo Panzini. La cagna nera
229 Giovanni Boccaccio, Francesco Petrarca. Griselda
230 Adriano Sofri. L'ombra di Moro
231 Diego Novelli. Una vita sospesa

232 Ousmane Sembène. La Nera di...
233 Eugenio Battisti. Il ricordo d'un canto che non sento
234 Wilkie Collins. Il truffatore truffato
235 Carlo Lucarelli. L'estate torbida
236 Michail Kuzmin. La prodigiosa vita di Giuseppe Balsamo, conte di Cagliostro
237 Nelida Milani. Una valigia di cartone
238 David Herbert Lawrence. La volpe
239 Ghassan Kanafani. Uomini sotto il sole
240 Valentino Bompiani. La conchiglia all'orecchio
241 Franco Vegliani. Storie di animali
242 Irene Brin. Le visite
243 Jorge de Sena. La finestra d'angolo
244 Sergio Pitol. Valzer di Mefisto
245 Cesare De Marchi. Il bacio della maestra
246 Salvatore Nicosia. Il segno e la memoria
247 Ramón Pané. Relazione sulle antichità degli indiani
248 Gonzalo Fernández de Oviedo. Sommario della storia naturale delle Indie
249 Pero Vaz de Caminha. Lettera sulla scoperta del Brasile
250 Felipe Guamán Poma de Ayala. Conquista del Regno del Perù
251 Gabriel-François Coyer. Come il prospero Chinki s'immiserì per la ricchezza della nazione
252 David Hume. Il caso di Margaret, detta Peg, unica sorella legittima di John Bull
253 José Bianco. Ombre
254 Marcel Thiry. Distanze
255 Geoffrey Holiday Hall. Qualcuno alla porta
256 Eduardo Rebulla. Linea di terra
257 Igor Man. Gli ultimi cinque minuti
258 Enrico Deaglio. Il figlio della professoressa Colomba
259 Jean Rhys. Smile please
260 Pierre Drieu la Rochelle. Diario di un uomo tradito
261 J. E. Austen-Leigh. Ricordo di Jane Austen
262 Caroline Commanville. Anche mio zio Gustave Flaubert era un letterato
263 Christopher Morley. Il Parnaso ambulante
264 Christopher Morley. La libreria stregata
265 Madame de Grafigny. Lettere di una peruviana
266 Roger de Bussy-Rabutin. Storia amorosa delle Gallie
267 Antonio Tabucchi. Sogni di sogni
268 Arnold Toynbee. Il mondo e l'Occidente
269 Ugo Baduel. L'elmetto inglese
270 Apuleio. Della magia
271 Giacomo Debenedetti. 16 ottobre 1943
272 Antonio Faeti. L'archivio di Abele
273 Maria Messina. L'amore negato
274 Arnaldo Fraccaroli. Tomaso Largaspugna uomo pubblico
275 Laura Pariani. Di corno o d'oro
276 Luisa Adorno. La libertà ha un cappello a cilindro
277 Adriano Sofri. Le prigioni degli altri
278 Renzo Tomatis. Il laboratorio
279 Athos Bigongiali. Veglia irlandese

280 Michail Kuzmin. Le avventure di Aymé Leboeuf
281 Concetto Marchesi. Il libro di Tersite
282 Lorenza Mazzetti. Il cielo cade
283 Marcella Olschki. Terza liceo 1939
284 Maria Occhipinti. Una donna di Ragusa
285 Steno. Sotto le stelle del '44
286 Antonio Tosti. Cri-Kri
287 Daniel Defoe. La vita e le imprese di Sir Walter Raleigh
288 Ronan Sheehan. Il ragazzo con la ferita all'occhio
289 Marcella Cioni. La corimante
290 Marcella Cioni. Il Narciso di Rembrandt
291 Colette. La gatta
292 Carl Djerassi. Il futurista e altri racconti
293 Voltaire. Lettere d'amore alla nipote
294 Tacito. La Germania
295 Friedrich Glauser. Oltre il muro
296 Louise de Vilmorin. I gioielli di Madame de ***
297 Walter De la Mare. La tromba
298 Else Lasker-Schüler. La gatta rossa
299 Cesare De Marchi. La malattia del commissario
300
301 Zlatko Dizdarević. Giornale di guerra
302 Giuseppe Di Lello. Giudici
303 Andrea Camilleri. La forma dell'acqua
304 Andrea Camilleri. La stagione della caccia
305 Robert Louis Stevenson. Lettera al dottor Hyde
306 Robert Louis Stevenson. Weir di Hermiston
307 Dashiell Hammett. La ragazza dagli occhi d'argento
308 Carlo Bini. Manoscritto di un prigioniero
309 Vittorio Alfieri. Mirandomi in appannato specchio
310 Silvio d'Amico. Regina Coeli
311 Manuel Vázquez Montalbán. Il pianista
312 Ugo Pirro. Osteria dei pittori
313 Irene Brin. Cose viste 1938-1939
314 Enrique Vila-Matas. Suicidi esemplari
315 Sergio Pitol. La vita coniugale
316 Luis G. Martín. Gli oscuri
317 William Somerset Maugham. La villa sulla collina
318 James Barlow. Torno presto
319 Israel Zangwill. Il grande mistero di Bow
320 Pierluigi Celli. Il manager avveduto
321 Renato Serra. Esame di coscienza di un letterato
322 Sulayman Fayyad. Voci
323 Alessandro Defilippi. Una lunga consuetudine
324 Giuseppe Bonaviri. Il dottor Bilob
325 Antonio Tabucchi. Gli ultimi tre giorni di Fernando Pessoa
326 Denis Diderot. Il sogno di d'Alembert. Seguito da Il sogno di una rosa di Eugenio Scalfari
327 Marc Soriano. La settimana della cometa

328 Sebastiano Addamo. Non si fa mai giorno
329 Giovanni Ferrara. Il senso della notte
330 Eduardo Rebulla. Segni di fuoco
331 Andrea Camilleri. Il birraio di Preston
332 Isabelle, Véronique e Marc Soriano. Il Testamour o dei rimedi alla malinconia
333 Maurice Druon. Il bambino dai pollici verdi
334 George Meredith. Il racconto di Cloe
335 Sergio Marzorati. Ritorno a Zagabria
336 Enrico Job. Il pittore felice
337 Laura Pariani. Il pettine
338 Marco Ferrari. Alla rivoluzione sulla Due Cavalli
339 Luisa Adorno. Come a un ballo in maschera
340 Daria Galateria. Il tè a Port-Royal
341 James Hilton. Orizzonte perduto
342 Henry Rider Haggard. Lei
343 Henry Rider Haggard. Il ritorno di Lei
344 Maurizio Valenzi. C'è Togliatti!
345 Laura Pariani. La spada e la luna
346 Michele Perriera. Delirium cordis
347 Marisa Fenoglio. Casa Fenoglio
348 Friedrich Glauser. Morfina
349 Annie Messina. La principessa e il wâlî
350 Giovanni Ferrara. La sosta
351 Romain Colomb. Stendhal, mio cugino
352 Vito Piazza. Milanesi non si nasce
353 Marco Denevi. Rosaura alle dieci
354 Robert Louis Stevenson. Ricordo di Fleeming Jenkin
355 Andrea Camilleri. Il cane di terracotta
356 Francesco Bacone. Saggi
357 Wilkie Collins. Testimone d'accusa
358 Santo Piazzese. I delitti di via Medina-Sidonia
359 Patricia Highsmith. La casa nera
360 Racconti gialli
361 L'almanacco del delitto
362 Baronessa Orczy. Il vecchio nell'angolo
363 Jean Giono. La fine degli eroi
364 Carlo Lucarelli. Via delle Oche
365 Sergio Atzeni. Bellas mariposas
366 José Martí. Il processo Guiteau
367 Marcella Olschki. Oh, America!
368 Franco Vegliani. La frontiera
369 Maria Messina. Pettini-fini
370 Maria Messina. Le briciole del destino
371 Maria Messina. Il guinzaglio
372 Gesualdo Bufalino. La luce e il lutto
373 Christopher Morley. La macchina da scrivere
374 Andrea Camilleri. Il ladro di merendine
375 Pino Di Silvestro. Le epigrafi di Leonardo Sciascia
376 Francis Scott Fitzgerald. La crociera del Rottame Vagante

377 Franz Kafka. Sogni
378 Andrea Camilleri. Un filo di fumo
379 Annie Messina. Il banchetto dell'emiro
380 Lucio Anneo Seneca. Alla madre
381 Tommaso Di Ciaula. Acque sante, acque marce
382 Giovanni Papapietro. L'amica di mia madre
383 Ignazio Buttitta. La vera storia di Salvatore Giuliano
384 Giovanni di Alta Selva. Dolopato ovvero Il re e i sette sapienti
385 Andrea Camilleri. La bolla di componenda
386 Daphne du Maurier. Non voltarti
387 Daphne du Maurier. Gli uccelli
388 Daphne du Maurier. L'alibi
389 Julia Kristeva. Una donna decapitata
390 Alessandro Perissinotto. L'anno che uccisero Rosetta
391 Maurice Leblanc. Arsène Lupin contro la Mafia
392 Carolyn G. Hart. Morte in libreria
393 Fabrizio Canfora, Gotthold Ephraim Lessing. L'educazione del genere umano
394 Maria Messina. Ragazze siciliane
395 Maria Messina. Piccoli gorghi
396 Federico De Roberto. La sorte
397 Federico De Roberto. Processi verbali
398 Andrea Camilleri. La strage dimenticata
399 Andrea Camilleri. Il gioco della mosca
400
401 Andrea Camilleri. La voce del violino
402 Goliarda Sapienza. Lettera aperta
403 Marisa Fenoglio. Vivere altrove
404 Luigi Filippo d'Amico. Il cappellino
405 Irvine Welsh. La casa di John il Sordo
406 Giovanni Ferrara. La visione
407 Andrea Camilleri. La concessione del telefono
408 Antonio Tabucchi. La gastrite di Platone
409 Giuseppe Pitrè, Leonardo Sciascia. Urla senza suono. Graffiti e disegni dei prigionieri dell'Inquisizione
410 Tullio Pinelli. La casa di Robespierre
411 Mathilde Mauté. Moglie di Verlaine
412 Maria Messina. Personcine
413 Pierluigi Celli. Addio al padre
414 Santo Piazzese. La doppia vita di M. Laurent
415 Luciano Canfora. La lista di Andocide
416 D. J. Taylor. L'accordo inglese
417 Roberto Bolaño. La letteratura nazista in America
418 Rodolfo Walsh. Variazioni in rosso
419 Penelope Fitzgerald. Il fiore azzurro
420 Gaston Leroux. La poltrona maledetta
421 Maria Messina. Dopo l'inverno
422 Maria Cristina Faraoni. I giorni delle bisce nere
423 Andrea Camilleri. Il corso delle cose
424 Anthelme Brillat-Savarin. Fisiologia del gusto

425 Friedrich Christian Delius. La passeggiata da Rostock a Siracusa
426 Penelope Fitzgerald. La libreria
427 Boris Vian. Autunno a Pechino
428 Marco Ferrari. Ti ricordi Glauber
429 Salvatore Nicosia. Peppe Radar
430 Sergej Dovlatov. Straniera
431 Marco Ferrari. I sogni di Tristan
432 Ignazio Buttitta. La mia vita vorrei scriverla cantando
433 Sergio Atzeni. Raccontar fole
434 Leonardo Sciascia. Fatti diversi di storia letteraria e civile
435 Luisa Adorno. Sebben che siamo donne...
436 Philip K. Dick. Le tre stimmate di Palmer Eldritch
437 Philip K. Dick. Tempo fuori luogo
438 Adriano Sofri. Piccola posta
439 Jorge Ibargüengoitia. Due delitti
440 Rex Stout. Il guanto
441 Marco Denevi. Assassini dei giorni di festa
442 Margaret Doody. Aristotele detective
443 Noël Calef. Ascensore per il patibolo
444 Marie Belloc Lowndes. Il pensionante
445 Celia Dale. In veste di agnello
446 Ugo Pirro. Figli di ferroviere
447 Penelope Fitzgerald. L'inizio della primavera
448 Giuseppe Pitrè. Goethe in Palermo
449 Sergej Dovlatov. La valigia
450 Giulia Alberico. Madrigale
451 Eduardo Rebulla. Sogni d'acqua
452 Maria Attanasio. Di Concetta e le sue donne
453 Giovanni Verga. Felis-Mulier
454 Friedrich Glauser. La negromante di Endor
455 Ana María Matute. Cavaliere senza ritorno
456 Roberto Bolaño. Stella distante
457 Ugo Cornia. Sulla felicità a oltranza
458 Maurizio Barbato. Thomas Jefferson o della felicità
459 Il compito di latino. Nove racconti e una modesta proposta